동물농장

더디 세계문학 003

동물농장

조지 오웰 | 민지현 옮김

더디

차례

1장

밤이 되자 매너 농장*의 주인 존스 씨는 닭장 문을 잠갔다. 하지만 술에 너무 취해 있었기 때문에 작은 구멍들을 막는 것까지는 미처 생각지 못했다. 손전등의 동그란 불빛이 사방으로 출렁이도록 비틀거리며 마당을 건너 뒷문으로 들어가 장화를 벗어던졌다. 부엌에 놓인 맥주 통에서 마지막으로 한 잔을 더 따라 마시고는 아내가 이미 코를 골며 잠들어 있는 침대 위에 몸을 눕혔다.

방의 불빛이 꺼지자 갑자기 여기저기서 휘적거리는 소리와 날개의 퍼덕임으로 농장 안이 어수선해지기 시작했다. 낮에 전달된 메시지에 의하면 메이저 영감이 어젯밤에 심

---

* 중세의 귀족 소유지나 영지에 속한 농장.

상치 않은 꿈을 꾸어서 동물들을 모아놓고 그에 대한 얘기를 할 것이라고 했다. 메이저 영감은 수상 경력이 있는 미들화이트 종의 수퇘지다. 존스가 잠자리에 든 것을 확인하는 대로 큰 헛간에서 모이기로 약속이 되어 있었다. 메이저 영감은 품평회 출전 당시 '윌링던 뷰티(Willingdon Beauty)'라는 이름이 붙었지만 동물들 사이에서는 항상 메이저 영감이라 불렸다. 동물들은 모두 메이저 영감을 신뢰하고 있었기 때문에, 그의 말을 듣기 위해서라면 밤잠 한 시간 줄이는 정도의 손해는 기꺼이 감수할 준비가 되어 있었다.

넓은 헛간 한쪽 끝에는 단상처럼 바닥이 높은 공간이 있었는데 메이저 영감은 그 위의 편편한 짚단 위에 이미 자리를 잡고 있었다. 천장을 가로지르는 들보에 매달린 전등이 그의 머리를 비추고 있었다. 이제 열두 살인 메이저 영감은 최근 들어 살이 좀 붙기는 했지만 여전히 위풍당당했으며, 송곳니를 한 번도 자른 적이 없었음에도 현명하고 자애로운 분위기를 풍겼다. 곧 다른 동물들이 들어와 각자 편한 대로 자리를 잡았다. 먼저 세 마리의 개, 블루벨, 제시, 핀처가 들어오고, 그다음에 돼지들이 들어와 단상 바로 앞에 놓인 짚단에 자리를 잡았다. 암탉들은 창문턱에 올라앉았고, 비둘기들은 퍼덕거리며 서까래로 날아가 자리를 잡았다. 양과 소들은 돼지들 뒤에 엎드려 되새김질을 시작했다. 마차를 끄는 두 마리의 말, 복서와 클로버는 느린 걸음으로 동시에 들어왔는데 털이 부숭한 거대한 발굽을 한 걸음 한 걸음 내딛을 때마다 짚단 속에 있을지 모르는 작은 동물들을 밟지 않기 위해 주의를 기울였다. 클로버는 중년에 접어든 든든하고 어미다운 풍모를 지닌 암말인데, 네 번째 새끼를 출산한 후로는 몸매가 예전 같지 않았다. 복서는 체고*가 18핸드**나 되는 야성적인 수말인데 일반적인 다른 말 두 마리를 합한 정도의 힘을 자랑했다. 이마에서부터 콧잔등을 타고 흰 얼룩이 선처럼 그어져 있어 어병해 보이는데 실제로도 복서는 그리 영민한 편은 못 되었다. 하지만 한결같이 곧은 성격과 타의 추종을 불허하는 노동력만큼은 모두가 존경해 마지않았다. 말들 뒤로는 흰 염소 뮤리엘과 당나귀 벤저민이 들어왔다. 벤저민은 농장에 있는 동물들 가운데 가장 나이가 많고 성질도 가장 고약했다. 평소에는 거의 말을 하지 않으며 가끔 내뱉는 말들도 아주 냉소적이었다. 예를 들면 하느님이 파리를 쫓으라고 꼬리를 만들어주셨지만, 자기는 차라리 꼬리도 파리도 없는 편이 훨씬 더 좋을 뻔했다든가 하는 식이다. 농장에 있는 동물들 중에 유일하게 한 번도 웃은 적이 없는 동물이기도 했다. 왜 웃지 않느냐고 물으면 웃을 일이 없어서라고 대답했다. 그리고 공개적으로

* 지상에서부터 말 잔등의 가장 높은 지점까지를 말한다.
** 핸드는 4인치, 1/3피트를 가리키는 미국 단위계의 길이 단위로 1핸드는 10.16센티미터가 된다.

인정하지는 않지만 벤저민은 복서를 진심으로 좋아했다. 일요일이면 벤저민과 복서는 동산 너머에 있는 작은 방목지에 나란히 서서 말없이 풀을 뜯으며 시간을 보내곤 했다.

말들이 막 자리를 잡고 엎드렸을 때 어미 잃은 새끼 오리 떼가 줄지어 헛간으로 들어왔다. 새끼 오리들은 큰 동물들의 발에 밟히지 않을 만한 자리를 찾으려고 가냘픈 소리로 꽥꽥거리면서 이리저리 돌아다니다가 클로버가 거대한 앞다리로 보호벽을 만들어주자 그 안에 둥지를 틀고 이내 잠이 들었다. 다른 동물들이 거의 다 자리를 잡았을 즈음에 멍청하지만 희고 예쁜 암말 몰리가 각설탕을 씹으며 한껏 고상을 떠는 걸음걸이로 등장했다. 몰리는 존스 씨의 이륜마차를 끌고 있다. 몰리는 헛간 앞쪽에 자리를 잡고는 길게 땋아 늘인 흰 갈기를 들썩이기 시작했다. 갈기를 묶은 빨간 리본을 자랑하고 싶은 것이다. 가장 늦게 들어온 것은 고양이였다. 늘 그러듯이 가장 따뜻한 곳을 찾기 위해 헛간을 둘러보다가 복서와 클로버 사이에 끼어들었다. 그러고는 메이저 영감이 연설을 하는 내내 그의 말에는 전혀 귀를 기울이지 않고 저 혼자 좋아서 가르랑거렸다. 이제 모세를 제외하고는 모두 모였다. 모세는 길들여진 까마귀인데 뒷문 뒤에 있는 횃대에서 자고 있었다. 동물들이 모두 자리를 잡고 연설이 시작되기를 기다리고 있음을 확인한 메이저 영감은 목청을 가다듬고 연설을 시작했다.

"동지들, 내가 어제 이상한 꿈을 꾸었다는 얘기는 이미 모두 들었을 거요. 하지만 꿈 얘기는 조금 후에 하기로 하고, 먼저 하고 싶은 이야기가 있소. 내가 동지들과 함께할 수 있는 시간이 이제 몇 달 남지 않은 것 같은데, 그동안 살아오면서 얻은 지혜를 죽기 전에 동지들에게 전해주어야 할 것 같아서요. 나는 오래 살았고 우리에 혼자 누워 생각할 시간도 많았소. 그러다 보니 이 땅에 태어난 우리에게 주어진 삶의 본질에 대해 다른 어느 동물보다도 깊이 이해할 수 있게 되었지. 그래서 오늘 그에 대한 이야기를 하려는 것이오.

동지들, 지금 우리는 어떤 삶을 살고 있소? 사실 그대로를 인정합시다. 우리의 삶은 비참하고, 고되며, 너무 짧소. 태어나면 겨우 죽지 않을 만큼 얻어먹으며 살지. 일을 할 수 있는 동물들은 마지막 힘까지 짜내어 일을 해야 하고. 그러다가 더 이상 쓸모가 없어지면 곧바로 잔인하게 도살되는 거요. 영국 땅에 사는 동물 중에 생후 일 년이 지나고도 삶의 행복이나 여유를 맛볼 수 있는 동물은 없을 거요. 영국의 동물들에게 자유란 존재하지 않아. 동물들의 삶이란 비참한 노예의 삶이니까. 이건 너무도 명백한 진실이오.

그런데 이렇게 사는 것이 과연 자연의 순리일까? 이 나라가 너무 가난해서 이 땅에 사는 생명들에게 더 나은 삶을 살게 할 수 없어서라고 생각하시오? 그렇지 않소, 동지들. 천부당만부당한 말씀이지! 영국의 땅은 비옥하고 기후도 좋기 때문에 동물의 수가 더 늘어난다고 해도 배불리 먹고도 남을 만큼 풍부한 식량을 재배할 수 있소. 우리 농장만 해도 말 열두 마리, 소 스무 마리, 양 수백 마리 정도는 거뜬히 먹여 살릴 수 있을 거요. 지금으로서는 상상도 할 수 없을 정도로 여유롭고 편안하게 말이지. 그런데 우리는 왜 이런 비참한 생활을 계속해야 하는 걸까? 그건 우리 노동의 결실이 거의 전부 인간들에게 착취당하기 때문이오. 거기에 우리 문제의 모든 해답이 들어 있는 거지. 한마디로 말해서 인간. 우리의 유일무이한 적은 바로 인간이오. 우리의 삶에서 인간만 몰아낸다면, 굶주림과 과도한 노동의 근본 원인도 영구히 사라질 것이오.

생산은 하지 않고 소비만 하는 생물은 오로지 인간밖에 없을 것이오. 우유를 생산해내지도 못하고, 알을 낳지도 못하지. 쟁기를 끌기에는 너무 약하고, 토끼를 잡을 만큼 빨리 달리지도 못하고. 그러면서도 모든 동물의 주인 노릇을 하고 있소. 동물들에게 일을 시키면서 그 대가로 겨우 굶어 죽지 않을 만큼의 먹이를 제공하고 나머지는 모두 자기들이 차지하지. 우리의 노동으로 땅을 갈고, 우리의 배설물로 땅을 비옥하게 하는데 결국 우리에게 남은 것이라고는 이 한 몸 감싸고 있는 가죽뿐이지. 이 앞에 있는 소 동지들은 지난

한 해 동안 우유를 몇 천 갤런*이나 생산해내었소? 송아지들을 튼튼하게 키우기 위해 먹였어야 할 그 우유는 모두 어디로 갔소? 마지막 한 방울까지 적들의 목구멍으로 넘어간 거요. 저기 암탉 동지들은 지난 한 해 동안 얼마나 많은 알을 낳았으며, 그중에 몇 마리나 부화되어 병아리로 깨어났소? 거의 모두 시장에서 팔려 존스와 그 일당의 수입을 채워주었을 거요. 그리고 당신, 클로버. 그대가 낳은 네 마리의 망아지들은 지금 어디 있소? 그대의 노년에 버팀목과 기쁨의 원천이 되어줄 그 망아지들은 지금 어디 있는가 말이오? 모두 일 년 겨우 채웠을 때 팔려가지 않았소. 이제 그대는 망아지들을 다시는 만나지 못할 것이오. 네 번의 분만과 들판에서 쏟아낸 모든 노동의 대가로 그대가 얻은 것이 허접한 먹이와 마구간 외에 달리 뭐가 있소?

그리고 이 미천한 삶조차 천수를 다하도록 놔두지 않지. 나는 그래도 운이 좋은 편이었으니 불평할 것은 없소. 12년이나 살았고 사백여 마리의 새끼를 두었으니. 돼지다운 삶이라는 게 바로 이런 거 아니겠소. 하지만 어떤 동물도 종국에는 잔인한 칼날을 피할 수 없을 거요. 내 앞에 앉아 있는 당신네 육돈들은 일 년 내에 도살장에 끌려가 비명소리와

---

* 야드파운드법에 의한 부피의 단위. 1갤런은 1쿼트의 4배, 1파인트의 8배로 영국에서는 약 4.545리터, 미국에서는 약 3.785리터에 해당한다.

함께 생을 마감하게 되겠지. 우리 모두 그런 식으로 끔찍한 말로를 맞이하게 될 거요. 젖소도, 돼지도, 암탉도, 양도, 모두. 말과 개의 운명도 더 나을 것이 없을 것이고. 복서, 당신도 그 튼튼한 근육의 힘이 다하는 날 존스는 당신을 도살업자에게 팔아버리고 말 거요. 그러면 그자는 당신의 목을 치고, 몸뚱이를 끓여서 여우 사냥개의 먹이로 던져주겠지. 개 동지들은 늙고 이빨이 빠지면 목에 벽돌을 매달아 가까운 연못에 던져버릴 거요.

그렇다면 동지들, 우리 삶의 모든 악은 인간의 독재에서 비롯되는 것이 아니겠소? 인간을 몰아내고 나면 우리 노동의 열매는 오로지 우리의 것이 될 것이오. 하룻밤 사이에 우리는 부와 자유를 얻게 되는 거지. 그러기 위해 우리는 어떻게 해야 할까? 인간을 몰아내기 위해 몸과 마음을 바쳐 밤낮으로 노력하는 거요! 내가 동지들에게 하고 싶은 말은 바로 이것이오. 반란! 실천에 옮기게 되는 날이 일주일 후가될지, 아니면 백 년 후가 될지는 모르겠지만, 발밑에 있는 이 짚단을 보듯이 분명하게 예견할 수 있는 것은 정의는 언제고 반드시 이루어지리라는 사실이오. 그러니 얼마 남지 않은 삶을 살아가면서 늘 그 사실을 주시하기 바라오! 무엇보다도 내 말을 후세에 전하여 승리의 그날까지 대대로 우리의 투쟁을 이어가도록 해주시오.

동지들, 그대들의 결의가 절대로 흔들려서는 안 되오. 감언이설에 끌려 그릇된 길로 빠져서도 안 되오. 인간과 동물은 이익공동체이며, 한쪽이 번영을 누리면 그것이 곧 다른 한쪽에게도 번영을 가져온다는 말에도 속지 마시오. 전부 새빨간 거짓말이니까. 인간은 오로지 자기들의 이익만을 추구할 뿐이니까. 그러니 우리 동물들은 일심 단결하여 완벽한 동지의식을 가지고 투쟁해 나가야 하오. 모든 인간은 적이고 모든 동물은 동지요."

그러자 갑자기 헛간 안에 거대한 함성들이 들끓기 시작했다. 메이저 영감이 연설을 하는 동안 어느새 네 마리의 커다란 쥐가 구멍에서 기어 나와 엉덩이를 바닥에 붙이고 앉아 듣고 있었다. 그러다가 개들의 눈에 띄자 번개처럼 구멍을 향해 달려가 겨우 목숨을 건졌다. 메이저 영감이 분위기를 진정시키기 위해 앞발을 들어 올렸다.

"동지들, 분명히 해두어야 할 것이 있소. 쥐와 토끼 같은 야생 동물들은 우리의 친구요, 아니면 적이요? 이 문제에 대해서는 투표를 하도록 합시다. '쥐들은 동지인가?' 나는 이 질문을 투표에 붙이도록 하겠소."

곧바로 투표가 이루어졌고, 대다수의 의견에 의해서 쥐들은 동지인 것으로 결정이 났다. 반대자는 세 마리의 개와 고양이, 이렇게 넷뿐이었다. 나중에 고양이는 양쪽 의견에 모두 찬성을 한 것으로 밝혀졌다. 메이저 영감은 연설을 이어갔다.

"다시 한번 말하지만, 인간과 그들의 행실에 대하여 항상 적개심을 품어야 한다는 것을 명심하시오. 두 다리로 걸어 다니는 자들은 모두 적이며, 다리가 넷이거나 날개를 가진 자들은 친구요. 인간과 투쟁을 하면서 그들의 방식을 닮아서는 안 된다는 점도 기억하시오. 인간을 정복한 후에도 그들의 악행을 답습하지 마시오. 어떤 동물도 주택에 거주해서는 안 되며, 침대에서 자거나 의복을 착용해서도 안 되오. 술을 마시거나, 담배를 피우거나, 돈을 만지거나, 거래를 해서도 안 되오. 인간의 모든 행위는 악이니까. 그리고 무엇보다 중요한 것은, 어떤 동물도 다른 동물 위에 군림해서는 안 된다는 사실이오. 약하든 강하든, 영리하든 둔하든, 우리는 모두 형제들이오. 어떤 동물도 다른 동물을 살생해서는 안 되오. 모든 동물은 평등하니까.

자, 동지들 이제 내가 어젯밤에 꾸었다는 그 꿈에 대해서 이야기하겠소. 꿈을 자세히 설명할 수는 없지만, 인간이 사라지고 난 후 이 세상의 모습에 관한 꿈이었소. 그런데 그 꿈이 내가 오랫동안 잊고 있었던 무언가를 생각나게 한 것이오. 오래전 내가 어렸을 때 나의 어미를 비롯하여 암퇘지들이 즐겨 부르던 노래가 있었소. 가사라고는 첫 세 마디 정도밖에 모르고 나머지는 그저 가락만 흥얼거릴 뿐이었는데, 어렸을 때는 친숙했던 그 가락이 어느새 나의 뇌리에서 완전히 사라져버렸던 거요. 그런데 어젯밤 꿈속에서 그 노래가 다시 기억 속에 떠올려졌단 말이오. 더욱 신기한 것은 노래의 가사까지 모두 생각이 나더라는 거요. 아주 오래전에 동물들이 부르던, 그러나 지난 수 세대가 이어져오는 동안 완전히 잊혀졌던 바로 그 가사임이 틀림없소. 그 노래를 내가 불러보겠소, 동지들. 그런데 나는 나이가 들어 목소리도 쉬고 했으니, 내 노래를 듣고 그 가락을 익혀서 동지들이 더 멋지게 불러보시오. 〈영국의 동물들이여〉라는 노래요.”

메이저 영감은 목청을 가다듬고 노래를 부르기 시작했다. 그의 말처럼 목소리가 좀 쉬기는 했지만 노래 솜씨가 제법 괜찮았고, 노랫가락도 뭔가 듣는 이의 마음을 흔드는 매력이 있었다. 〈클레멘타인〉과 〈라쿠카라차〉가 적당히 섞여 있는 가락이었는데 가사를 적어보면 이렇다.

영국의 동물들이여, 아일랜드의 동물들이여,
전 세계 방방곡곡의 동물들이여,
이 기쁜 소식을 들어보라.
황금빛 미래에 대한 이 기쁜 소식을.

언제고 그 날이 올 것이니
인간의 독재가 무너지고,
영국의 비옥한 들판은
오롯이 동물의 차지가 될 것이네.

코에 채워졌던 코뚜레도 사라지고,
등에 얹혀 있던 마구도 내려질 것이네.
재갈과 박차는 영구히 처박혀 녹슬어갈 것이고,
잔인한 채찍질도 더 이상 없을 것이네.

상상조차 하지 못했던 부와
밀, 보리, 귀리, 건초,
토끼풀, 콩, 사탕무가
그 날부터 우리 차지가 될 것이네.

우리가 자유를 찾는 날,
영국의 들판에는 눈부신 태양이 빛날 것이며,
물은 더 맑고,
바람은 더욱 달콤할 것이네.

그 날을 위해 우리 모두 분투하세,
그 날이 오기 전에 목숨이 다한다 해도.
젖소도, 말도, 거위도, 칠면조도,
자유를 위해 우리 모두 분투하세.

영국의 동물들이여, 아일랜드의 동물들이여,
전 세계 방방곡곡의 동물들이여,

내가 전하는 이 소식을 잘 듣고 널리 전하라.

황금빛 미래에 대한 이 소식을.

이 노래를 부르자 동물들의 열광은 최고조에 달했다. 동물들은 메이저가 노래를 끝내기도 전에 따라 부르기 시작했다. 제일 둔한 동물마저도 어느새 가락을 따라 흥얼거리며 몇 마디 가사까지 입에 붙였고, 돼지나 개와 같이 영리한 동물들은 수 분 내에 곡 전체를 완전히 익혔다. 그리하여 한두 번 맞춰본 후에는 모두가 하나의 소리로 부르는 〈영국의 동물들이여〉가 농장 전체에 장엄하게 울려 퍼졌다. 소의 음매 소리와 개의 컹컹거림, 양의 매에 하는 소리와 말의 히힝 소리 그리고 오리의 꽥꽥거림이 하나의 울림으로 어우러진 노래의 감흥이 얼마나 좋았든지 쉬지 않고 다섯 번이나 연이어 불렀는데, 방해꾼만 아니었으면 아마 밤새도록 불렀을지도 모르겠다.

안타깝게도 시끌벅적한 소리에 잠이 깬 존스 씨가 침대에서 뛰쳐나왔다. 마당에 여우가 들어왔다고 생각한 존스 씨는 침실 구석에 늘 세워져 있던 총을 집어 들고 어둠을 향해 6발 산탄을 날렸다. 헛간 벽에 탄알들이 박히자 회의는 즉시 해산되었고, 동물들은 허겁지겁 각자의 잠자리로 돌아갔다. 새들은 횃대로 날아올랐고, 다른 동물들은 짚단에 자리를 잡았다. 그리고 다음 순간 농장 전체가 고요한 잠에 덮였다.

2장

그로부터 삼 일 후, 메이저 영감은 밤에 잠을 자다가 평안하게 죽었고, 그의 시신은 과수원 자락에 묻혔다.

그것이 3월 초였는데, 그로부터 석 달 동안 많은 일들이 은밀하게 이루어졌다. 농장에 사는 동물들 중 지각이 있는 자들은 메이저 영감의 연설로 인하여 전혀 새로운 시선으로 세상을 바라보게 되었다. 메이저 영감이 예견한 반란이 언제 일어날지도 알 수 없었고, 더욱이 자기들이 사는 동안 그런 일이 일어날 거라고 생각할 만한 근거도 없었지만, 모두 반란을 준비하는 것이 자기들의 의무라고 생각했다. 다른 동물들을 가르치고 조직하는 일은 동물들 중 가장 영리하다고 인정받는 돼지들의 몫이었다. 그중에서도 걸출한 두 마리의 수퇘지가 있었는데, 존스 씨가 내다 팔 목적으로 기르고 있는 스노볼과 나폴레옹이었다.

　나폴레옹은 몸집이 크고 사납게 생겼는데 농장에서 유일한 버크셔종이었다. 그리 달변가는 못 되지만 자기 의지는 반드시 관철시키는 것으로 동물들 사이에 평이 나 있었다. 스노볼은 나폴레옹에 비하여 쾌활하고 언변에 능하며 기발했다. 하지만 성품의 깊이는 그만하지 못하다는 것이 모두의 생각이었다. 그 밖에 농장에 사는 모든 돼지들은 육돈이었다. 그중에도 농장 동물들 사이에 유명한 돼지가 한 마리 있었는데, 바로 몸집이 작고 뚱뚱한 스퀼러였다. 스퀼러는 볼이 유난히 둥글고 눈이 반짝이며, 동작이 민첩하고 날카로운 음성을 가지고 있었는데, 무엇보다 말솜씨가 매우 뛰어났다. 뭔가 어려운 문제를 놓고 언쟁을 벌일 때면 꼬리를 휘저으며 이쪽저쪽으로 껑충껑충 뛰어 다니는 습관이 있는데, 그 모습이 어딘지 설득력이 있어 보였다. 그래서 다른 돼지들도 스퀼러는 검은색도 흰색으로 믿게 할 수 있을 거라고 했다.

　이들 셋은 메이저 영감의 가르침을 하나의 완벽한 체제로 정리하고 이에 '동물주의'라는 이름을 붙였다. 존스 씨가 잠자리에 들면 그들은 일주일에도 여러 날 밤을 헛간에서 비밀회의를 열고 동물주의의 원칙을 다른 동물들에게 상세히 설명했다. 처음에는 모두들 무지하고 무관심한 상태로 모였으며, 일부 동물들은 자기들이 '주인님'이라 부르는 존스 씨에 대한 충성의 의무를 언급하거나, "존스 씨가 우리를 먹여 살리는데 그가 없어지면 우리는 굶어 죽을 것이다"라는 등의 초급한 언급을 하기도 했다. 또 "우리가 죽고 난 후에 벌어질 일을 왜 우리가 걱정하는데?"라고 반문을 하거나, "어차피 반란이 일어날 것이라면, 우리가 노력을 하든 안 하든 무슨 차이가 있겠어?"라고 말하는 동물들도 있었다. 그러한 생각이 동물주의 정신과 상충되는 것이라는 사실을 주지시키는 일은 어렵고도 힘든 과제였다. 그중에도 가장 멍청한 질문은 흰 암말인 몰리의 입에서 나왔는데, "반란 뒤에도 계속 각설탕을 먹을 수 있을까?" 하는 것이었다.

"먹을 수 없소, 동지" 스노볼이 단호하게 말했다. "이 농장에서 각설탕을 만들 수 없으니까. 그리고 앞으로는 각설탕을 찾지 않게 될 거요. 귀리와 건초를 마음껏 먹을 수 있을 테니까."

"그럼 갈기에 리본은 계속 묶어도 될까?" 몰리가 물었다.

"이보게, 동지. 자네가 그렇게 좋아하는 리본이 바로 노예의 표징이라고. 자유라는 것이 리본보다 훨씬 더 소중한 것임을 모르겠소?"

몰리는 스노볼의 말에 수긍하기는 했으나 완전히 믿는 것 같지는 않았다.

길들여진 큰 까마귀 모세가 퍼뜨리는 거짓말에 대처하는

일은 훨씬 더 힘들었다. 존스 씨가 각별한 애정을 갖고 기르는 모세는 스파이에다 고자질쟁이였는데, 동시에 영리한 달변가였다. 모세는 '슈거캔디 마운틴'이라고 부르는 신비로운 나라를 알고 있다고 주장했으며, 모든 동물은 죽으면 그곳으로 간다고 말했다. 모세의 말에 의하면 그 나라는 하늘 어딘가, 구름을 지나 조금 더 높은 곳에 있다고 했다. 슈거캔디 마운틴에서는 일주일 내내 일요일이고, 토끼풀이 일 년 내내 자라며, 각설탕과 아마인 깻묵이 생울타리에서 자란다고 했다. 동물들은 모세가 말만 많고 일은 하지 않는다고 싫어했지만, 동시에 슈거캔디 마운틴을 믿는 자들도 있었기 때문에 돼지들은 그런 곳은 존재하지 않는다는 사실을 납득시키느라 아주 애를 먹었다.

돼지들을 따르는 가장 충실한 동물은 수레를 끄는 말인 복서와 클로버였다. 이 둘은 사고력이 많이 부족하긴 했지만, 일단 돼지들을 스승으로 받아들인 다음에는 돼지들이 하는 말은 무엇이든 복종했으며, 다른 동물들에게도 간단한 논리로 전달했다. 헛간에서 열리는 비밀회의에도 빠지는 법이 없었으며, 회의 마무리를 장식하는 〈영국의 동물들이여〉도 늘 앞장서 불렀다.

반란은 결국 모두가 예상했던 것보다 훨씬 더 빨리, 수월하게 이루어졌다. 혹독한 주인 노릇을 하기도 했지만 유능한 농장주였던 존스 씨는 근래에 들어오면서 운이 기울었다. 소송을 하느라 많은 돈을 잃고 나서 상심이 컸던 존스 씨는 몸이 이기지 못할 만큼의 술을 마시기 시작했다. 한번 시작하면 몇 날 며칠을 주방에 있는 등받이가 높은 나무 의자에 앉아 신문을 보면서 술을 마셨다. 가끔씩 맥주에 담갔던 빵부스러기를 모세에게 먹이면서. 일꾼들은 게을러지면서 주인을 속이기 시작했고, 들판에는 잡초가 무성해졌고, 건물 지붕과 울타리들은 수리가 필요한 상태로 방치되었다. 동물들도 제대로 얻어먹지 못했다.

6월이 되어 건초를 베어야 할 때가 다가왔다. 토요일이었던 하지 축제 전날, 존스 씨는 윌링던으로 갔고, 레드 라이언이라는 술집에서 술을 진탕 마시고 다음 날인 일요일 한낮이 되도록 귀가하지 않았다. 일꾼들은 이른 아침에 소젖만 짜놓고는 동물들에게 먹이도 주지 않고 토끼 사냥을 나갔다. 집으로 돌아온 존스 씨도 곧바로 거실 소파에서 『월드 뉴스』지를 얼굴에 덮은 채 잠들어버렸기 때문에 저녁이 될 때까지도 동물들은 굶고 있었다. 동물들은 더 이상 참을 수 없는 지경에 이르렀다. 암소 한 마리가 뿔로 곡식 창고의 문을 들이받아 부수고 들어가자 다른 동물들도 각자 알아서 통에 담긴 곡물들을 먹기 시작했다.

존스 씨가 잠에서 깬 것은 바로 그때였다. 곧 네 명의 일꾼들과 채찍을 손에 들고 곡식 창고로 달려온 존스 씨는 마구잡이로 채찍을 휘두르기 시작했다. 굶주림 끝에 쏟아지는 폭력은 동물들이 참을 수 있는 한계를 넘어서는 시험이었다. 그리하여 동물들은 사전에 전혀 계획한 바가 없었음에도 불구하고 일치단결하여 자기들을 괴롭히는 자들을 향해 덤벼들었다. 존스 씨와 일꾼들은 다음 순간 사방을 받히고 차이는 꼴이 되었고, 상황은 이미 통제 불가능한 상태가 되어버렸다. 지금까지 내키는 대로 매질하고 학대해도 한 번도 이런 행동을 보인 적이 없었던 금수들의 폭동은 너무도 당혹스러운 일이었다. 존스 씨와 일꾼들은 곧 방어하기를 포기하고 달아나기 시작했다. 그리고 일 분쯤 후 다섯 사람은 대로로 이어지는 마찻길을 따라 전속력으로 달리고 있었으며, 동물들은 승리의 환호를 올리며 그들을 뒤쫓고 있었다.

침실 창문으로 이 광경을 지켜본 존스 부인은 여행용 가방에 황급히 몇 가지 소지품을 챙겨서 다른 통로를 이용해 농장을 빠져나왔다. 모세도 횃대를 떠나 큰소리로 깍깍거리며 그녀 뒤를 따랐다. 그러는 동안 동물들은 존스 씨와 일꾼들을 도로까지 내몰고 나서 빗장이 다섯 개 달린 농장 문을 닫아버렸다. 동물들은 그렇게 자기들이 미처 깨닫기도 전에 반란을 성공적으로 쟁취한 것이다. 존스 씨는 추방되고 매너 농장은 동물들의 차지가 되었다.

처음 몇 분 동안 동물들은 자기들을 찾아온 이 엄청난 행운을 믿을 수 없었다. 그들이 우선 한 일은 혹시 어느 구석에 아직 인간이 숨어 있지는 않은지 확인하듯이 무리지어 농장의 울타리를 따라 껑충껑충 뛰어다닌 것이었다. 그다음에는 농장 건물로 돌아와 존스 씨가 다스렸던 끔찍한 통치의 잔재를 씻어냈다. 마구간 끝에 있는 마구 창고 문을 부수고 들어가 재갈과 코뚜레, 개 사슬 그리고 존스 씨가 돼지와 양을 거세하는 데 사용했던 무자비한 칼들을 꺼내 모두 우물에 던져버렸다. 고삐, 굴레, 곁눈가리개 그리고 모멸스러운 사료주머니도 쓰레기를 태우는 불구덩이 속으로 던져졌다. 채찍도 물론 불구덩이 속으로 들어갔다. 채찍이 불길에 휩싸이자 모든 동물들이 환호를 지르며 덩실덩실 춤을 추었다. 스노볼은 장날 말의 갈기와 꼬리에 달아 장식했던 리본도 불 속에 던져 넣었다.

"리본은 인간의 표징인 옷으로 간주한다. 모든 동물은 맨몸으로 지내야 한다." 스노볼이 말했다.

이 말을 들은 복서는 여름 동안 귓가에 꼬여드는 파리를 쫓기 위해 쓰고 있던 작은 밀짚모자도 불 속에 던져버렸다.

동물들은 순식간에 존스 씨의 흔적이 되는 모든 것을 소멸시켜버렸다. 나폴레옹은 동물들을 다시 헛간으로 데리고 간 다음 모두에게 늘 먹던 양의 두 배나 되는 옥수수를 배급하고 개들에게는 비스킷을 두 개씩 주었다. 그러고 나서 〈영국의 동물들이여〉를 연거푸 일곱 번이나 부른 다음 모두 잠자리에 들었다. 동물들은 그날 밤 전에 한 번도 경험해

보지 못한 단잠을 이루었다.

다음날 동이 트자 습관처럼 잠에서 깨어난 동물들은 전날 일어났던 영광스러운 사건을 기억하고 다 함께 목초지로 달려 나갔다. 목초지에서 조금 더 내려가면 농장의 전경을 한눈에 내려다볼 수 있는 둔덕이 있었다. 동물들은 둔덕 꼭대기로 달려가 밝은 아침 햇살 아래 펼쳐진 사방을 둘러보았다. 그렇다. 시야에 들어오는 모든 것이 이제 그들의 것이다! 그런 생각으로 신바람이 난 동물들은 빙글빙글 뛰어다니면서 흥에 겨워 허공을 향해 뛰어오르기도 했다. 이슬이 맺힌 초원 위를 구르기도 하고, 입 안 가득 달콤한 여름 잔디를 뜯어 물기도 하고, 발로 검은 흙을 파내어 비옥한 흙냄새를 맡기도 했다. 그다음에는 시찰 삼아 농장 전체를 한 바퀴 돌면서 말로 형언할 수 없는 감탄의 눈길로 경작지와 건초지, 과수원 그리고 연못과 작은 숲을 찬찬히 살펴보았다. 모든 것이 마치 처음 보는 것처럼 새롭게 보였으며, 그것들이 자기들의 차지라는 사실을 여전히 믿을 수 없었다.

줄을 지어 농장 건물로 돌아온 동물들은 농장 저택의 문 앞에 다다르자 조용히 멈춰 섰다. 그것도 역시 자신들의 것이긴 했으나 왠지 안으로 들어가기가 두려웠다. 하지만 잠시 후 스노볼과 나폴레옹이 어깨로 문을 밀어 젖혔고, 동물들은 한 줄로 서서 아무것도 건드리지 않도록 조심하면서 안으로 들어갔다. 발끝으로 살금살금 걸으면서 방들을 차례로 돌아보았다. 조심스러워 말소리도 낮추어 속삭이면서 경외심마저 서린 눈빛으로 믿어지지 않을 정도로 호화로운 실내를 둘러보았다. 자기들의 깃털로 만든 침대 매트리스와 거울, 말총 소파, 브뤼셀제 모직 양탄자 그리고 거실 벽난로 선반 위에 걸려 있는 빅토리아 여왕의 석판화. 동물들은 계단을 내려올 때에야 비로소 몰리가 보이지 않는다는 사실을 알아챘다. 되돌아가 확인해보니 몰리는 안방 침실에 남아 있었다. 존스 부인의 화장대에서 파란 리본을 집어 어깨에 걸쳐 보면서 속없이 거울에 비친 자신의 모습에 취해 있었다. 다른 동물들은 몰리에게 따끔한 핀잔을 주고 밖으로 나갔다. 주방에 걸린 햄을 떼어 밖에다 묻어주고, 복서가 주방에 딸린 작은 방에 있던 맥주 통을 발굽으로 차서 찌그러뜨린 것 외에, 집 안에 있던 것들은 모두 그대로 두었다. 저택은 박물관으로 보존하는 것이 좋겠다는 무언의 결의가 그 자리에서 통과되었다. 어떤 동물도 저택에 거주해서는 안 된다는 데에 모두가 동의했다.

아침 식사를 마친 다음 스노볼과 나폴레옹이 다시 동물들을 소집했다.

"동지들." 스노볼이 말했다. "이제 6시 반이니 앞으로 긴 하루가 우리에게 주어져 있소. 오늘은 건초 수확을 할 예정인데, 그 전에 먼저 처리해야 할 일이 있소."

돼지들은 지난 삼 개월 동안 독학으로 글을 읽고 쓰는 법을 익혔다는 사실을 밝혔다. 존스 씨의 자녀들이 쓰던 낡은 철자법 책을 쓰레기 더미에서 찾아서 그것으로 공부를 했다는 것이다. 나폴레옹은 검은색과 흰색 페인트가 담긴 통을 가져오게 한 다음 동물들을 이끌고 큰 길로 통하는 빗장 다섯 개짜리 문으로 갔다. 글씨를 제일 잘 쓰는 스노볼이 발의 두 관절 사이에 붓을 끼고는 맨 위 빗장에 적힌 '매너 농장'이라는 글씨 위에 페인트를 덧칠했다. 그러고 나서 그 위에 '동물농장'이라고 썼다. 이제부터 농장은 이 이름으로 불리게 될 것이다.

다시 헛간으로 돌아온 다음, 스노볼과 나폴레옹은 다른 동물을 시켜 사다리를 가져다가 큰 헛간의 뒤쪽 벽에 기대 놓게 했다. 스노볼과 나폴레옹은 지난 삼 개월간의 연구를 통해 동물주의 원칙을 일곱 개의 계명으로 정리했노라고 설명했다. 이제 이 일곱 계명을 벽에 써놓을 것이며, 동물농장에 사는 모든 동물이 영원히 지켜나갈 불변의 원칙으로 삼을 것이라고 했다. 스노볼이 힘들게 균형을 잡아가면서 사다리 위로 올라가서 글씨를 쓰기 시작했고, 그로부터 몇 칸 아래에서 스퀼러가 페인트 통을 들고 있었다. 타르를 칠한 벽에 흰색 페인트로 큼직하게 쓰였기 때문에 30야드 밖에서도 읽을 수 있을 정도였다. 칠계명의 내용은 다음과 같았다.

칠계명

1. 두 다리로 걷는 자는 모두 적이다.
2. 네 다리로 걷거나, 날개를 가진 자는 친구이다.
3. 어떤 동물도 옷을 입어서는 안 된다.
4. 어떤 동물도 침대에서 잠을 자서는 안 된다.
5. 어떤 동물도 술을 마셔서는 안 된다.
6. 어떤 동물도 다른 동물을 죽여서는 안 된다.
7. 모든 동물은 평등하다.

글씨는 아주 깔끔하게 쓰여졌다. '친구'의 철자가 약간 잘못되었고, 글자 하나가 뒤집어진 것을 제외하고 나머지 부분은 철자도 모두 정확했다. 스노볼은 다른 동물들이 들을 수 있도록 큰소리로 읽어보았다. 동물들은 모두 동의를 표하듯이 고개를 끄덕였으며, 그중 영리한 동물들은 이미 계명을 암기하기 시작했다.

"자, 동지들." 스노볼이 붓을 내려놓으며 외쳤다. "건초지로 갑시다! 존스와 그의 일꾼들보다 더 빠른 시간에 수확을 마치는 것에 우리의 명예를 걸어봅시다."

바로 그때 한참 전부터 몸이 불편해 보였던 암소 세 마리가 크게 음매 소리를 냈다. 지난 스물네 시간 동안 젖을 짜지 않은 바람에 젖통이 터질 지경이 되어 있었던 것이다. 돼지들은 잠시 생각을 해보고 나서 양동이를 가져오게 하여 암소들의 젖을 시원하게 짜주었다. 돼지들의 앞발이 이 일에 제법 잘 맞았다. 곧 다섯 개의 양동이에 거품이 이는 크림처럼 부드러운 우유가 가득 찼고, 동물들 중 다수가 지대한 관심을 갖고 눈독을 들였다.

"저 우유들은 어떻게 할 거지?" 누군가가 말했다.

"존스 씨는 가끔 우리 곡물 사료에 섞어 주곤 했는데." 암탉 중의 한 마리가 말했다.

"우유는 신경 쓰지 마시오, 동지들!" 나폴레옹이 양동이 앞으로 나서며 큰소리로 말했다. "적절히 알아서 처리할 거요. 그보다는 건초 수확이 더 중요하니까. 스노볼 동지가 길을 안내할 거요. 나도 곧 따라가겠소. 자, 앞으로 가시오, 동지들! 건초가 기다리고 있소."

그렇게 해서 동물들은 모두 함께 건초지로 달려가 수확을 시작했다. 저녁에 돌아와 보니 우유는 어디론가 사라지고 없었다.

3장

동물들은 건초를 들여오기 위해 얼마나 많은 피땀을 흘렸는지 모른다! 하지만 그만큼 고생한 보람이 있었다. 기대했던 것보다도 훨씬 더 많은 수확을 거둔 것이다.

일이 힘들 때도 있었다. 농기구라는 것이 본래 동물이 아닌 인간이 사용하도록 고안된 것이기 때문에 뒷다리로 서서 사용해야 하는 도구들을 사용할 수 없었고, 이 점은 작업을 하는 데 결정적으로 불리했다. 하지만 영리한 돼지들은 문제에 부딪힐 때마다 피해갈 수 있는 방법을 생각해내곤 했다.

말들은 들판의 구석구석에 대해서 잘 알고 있었을 뿐 아니라 존스 씨나 그의 일꾼들보다도 풀베기라든지 갈퀴질에 대해서 훨씬 더 잘 이해하고 있었다. 돼지들은 실제로 일을 하지는 않았지만 다른 동물들을 감독하고 지시했다. 다른 동물들보다 지적인 수준이 월등한 그들이 지도자의 역할을 맡는 것은 아주 자연스러운 일이었다. 복서와 클로버는 절 삭기나 써레와 같은 농기구를 스스로 몸에 차고는 (물론 이 때부터 재갈이나 고삐는 차지 않았다) 들판을 돌고 또 돌았다. 그들 뒤를 돼지가 따라가면서 "이러! 힘내라고, 동지!"라거 나 "워 워, 뒤로!" 등 상황에 필요한 말들을 외치곤 했다. 가 장 약하고 재주 없는 동물들까지도 건초를 뒤집고 모아들 이는 일에 참여했다. 오리와 암탉들도 뜨거운 햇살을 받으 며 하루 종일 부리로 작은 건초 조각들을 물어 나르느라 진 땀을 흘렸다. 결국 이틀 만에 수확을 끝냈는데 이는 존스 씨 와 그의 일꾼들보다도 빨리 끝낸 것이었다. 더구나 농장 역 사상 최대의 수확량을 거두어들였다. 암탉과 오리들이 예 리한 눈썰미로 마지막 건초 한 가닥까지도 빠뜨리지 않고 거두어들인 덕분에 손실되는 부분이 없었기 때문이었다. 그리고 농장 동물들 중 누구도 건초 한입 몰래 슬쩍하지 않 았기 때문이기도 했다.

그해 여름, 농장의 모든 일은 시계처럼 정확하게 돌아갔 다. 동물들은 상상조차 할 수 없었던 행복감을 맛보았다. 입 으로 들어가는 먹이 한입 한입이 순수한 기쁨을 안겨주었 다. 주인이 마지못해 나눠 주는 먹이가 아닌, 자기들을 위하 여 스스로의 힘으로 생산한, 온전한 자기들의 먹이였기 때문이다. 쓸모없고 기생충 같은 인간이라는 존재가 사라지고 나니, 모두가 더욱 풍족하게 먹을 수 있었다. 여유 시간도 더 많아졌다. 물론 동물들이 여가라는 것을 즐겨본 적은 없었지만.

하지만 어려움도 많았다. 가을로 접어들면서 옥수수를 수확할 때였다. 농장에 탈곡기가 없었기 때문에 동물들은 재래식으로 밟아서 알맹이를 내고, 후후 불어서 껍질을 날려버려야 했다. 하지만 돼지들의 영리함과 복서의 우직한 근육 덕분에 작업은 늘 성공을 거두곤 했다.

복서는 모두의 선망을 받았다. 그는 존스 씨가 있을 때에도 성실한 일꾼이었지만, 지금은 거의 말 세 마리 몫의 일을 하는 것 같았다. 농장의 모든 일이 그의 든든한 어깨에 달려 있는 것 같은 날도 있었다. 아침부터 밤까지 복서는 가장 힘든 작업이 이루어지고 있는 곳에서 무엇인가를 밀거나 끌고 있었다. 그러더니 어느 순간부터 어린 수탉에게 부탁을 해서 매일 아침 다른 동물들보다 30분 먼저 자신을 깨워주도록 해놓고는 하루의 일과가 시작되기 전에 일어나 어떤 일이든 가장 도움이 필요한 곳에 자발적으로 노동력을 지원하고 있었다. 문제가 생기거나 난관에 부딪힐 때면 그의 대답은 항상 "내가 좀 더 열심히 할게!"였는데 그것은 그의 좌우명이기도 했다.

모두 자신의 능력에 맞추어 일을 했다. 예를 들자면, 암탉과 오리는 주변에 떨어진 낱알을 모아서 열 말이나 되는 옥수수를 수확했다. 아무도 훔치지 않았고, 아무도 자기에게 주어진 먹이에 대해서 투덜거리지 않았다. 언쟁을 벌이고, 물어뜯고, 샘을 내는 지난날의 모습은 거의 사라져가고 있었다. 아무도 게으름을 피우지 않았다. 아니, 거의 없었다고 하는 편이 맞을 것이다. 사실 몰리는 아침에 일찍 일어나지 못했을 뿐 아니라, 작업 현장에서도 발굽에 돌이 들어갔다고 하면서 일찍 떠나는 식이었다. 또한 고양이의 처세 방식도 어딘가 특이한 구석이 있었다. 해야 할 일이 생기면 고양이는 어느새 자취를 감추고 만다는 사실을 곧 모두가 알아차리게 되었다. 몇 시간씩 모습을 보이지 않고 있다가 식사 시간이 되면 나타나거나, 작업이 끝난 후 저녁때쯤 되어서 마치 아무 일도 없었던 듯이 나타나곤 했다. 하지만 언제나 그럴듯한 변명거리를 찾아냈으며 아주 매력적으로 야옹거렸기 때문에 그녀가 나쁜 의도를 가지고 그런 것이 아님을 믿어주지 않을 수 없었다.

늙은 당나귀 벤저민은 반란 후에도 변한 것이 없어 보였다. 느리고 고집스럽게 일하는 것도 존스 씨가 있을 때와 같았고, 일을 회피하는 법도 없었지만 과외의 일을 자청해서 하지도 않았다. 반란과 그 결과에 대해서도 자기 의견을 말하는 적이 없었다. 존스 씨가 없어져서 더 행복하지 않느냐고 물으면, "당나귀는 아주 오래 살지. 너희들 중 누구도 당나귀 죽는 걸 본 적이 없잖아" 하고 말할 뿐이었다. 그러면 다른 동물들은 이런 아리송한 답변이라도 들은 걸로 만족하는 수밖에 없었다.

일요일에는 일을 하지 않았다. 아침 식사 시간도 다른 때보다 한 시간씩 늦었고, 아침 식사 후에는 매주 거르지 않고 이행되는 예식이 있었다. 제일 먼저 깃발 게양이 있었다. 스노볼이 마구 창고에서 찾은 존스 부인의 낡은 녹색 천에 흰색 페인트로 발굽과 뿔을 그려 넣어 만든 것이다. 이 깃발이 매주 일요일 아침 농가 정원에 있는 깃대를 타고 올라갔다. 스노볼의 설명에 의하면 깃발의 녹색은 영국의 들판을 상징하고, 흰색 발굽과 뿔은 인간을 완전히 축출하고 난 후에 건설될 미래의 동물공화국을 상징하는 것이었다.

깃발을 게양하고 난 후에는 모두 큰 헛간으로 들어가 회의라고 하는 총회를 열었다. 여기서 다음 주의 일을 계획하고 안건을 제시하여 논의했다. 안건을 제시하는 것은 항상 돼지들이었다. 다른 동물들은 투표는 할 수 있었지만, 스스로 안건을 생각해내지는 못했다. 논쟁에서는 나폴레옹과 스노볼이 단연코 가장 적극적이었다. 그런데 누가 봐도 이 둘은 한 번도 의견의 일치를 보는 적이 없었다. 한쪽이 의견을 내면, 다른 한쪽은 반드시 그에 반기를 들었다. 과수원 뒤에 있는 작은 연못을 노동 연령이 지난 동물들의 쉼터로 만들자는, 누구도 반대할 이유가 없는 안건이 통과된 후에도 각 동물마다 적절한 은퇴 연령을 어떻게 정할 것인가를 놓고 일대 논쟁을 벌여야 했다. 회의는 항상 〈영국의 동물들이여〉를 부르는 것으로 끝났으며, 오후 시간은 오락을 즐겼다.

돼지들은 마구 창고를 자기들의 본부로 사용하기로 했다. 그리고 저녁마다 농가에서 가져온 책을 보며 대장일, 목수일, 그 밖에 필요한 기술들을 학습했다. 스노볼은 동물들을 구성원으로 하는 동물위원회들을 조직하는 일로 바빴다. 그는 이 일에 지치지도 않고 열심이었다. 암탉들을 위한 '달걀생산위원회'를 조직하고, 젖소들을 위해서는 '청결한 꼬리 동맹'을 구성했다. 이 밖에도 '야생동지 재교육위원회(이 조직의 목적은 쥐와 토끼들을 길들이는 것이었다)', 양들을 위한 '더 하얀 양모 운동' 등 글을 읽고 쓰는 것을 가르치는 수업 외에도 여러 가지 목적을 위해 조직을 구성했다. 하지만 전체적으로 보면 이 프로젝트는 실패였다. 예를 들어 야생동물 길들이기는 바로 허사였음이 증명되었는데, 길들였던 동물들의 행동이 전과 별로 달라지지 않았으며, 너그럽게 대해주면 그것을 악용하여 이익을 챙길 뿐이었다. 고양이도 재교육위원회에 들어가 처음 며칠 동안은 아주 활발한 활동을 보였다. 하루는 지붕에 앉아서 방금 자신의 손아귀를 벗어난 제비들에게 말을 걸고 있는 것이 눈에 띄었는데, 모든 동물이 이제 동지이니 제비들도 자기 손바닥에 와서 앉아도 좋다는 말을 하고 있는 것이었다. 하지만 제비들은 절대로 다가오지 않았다.

그렇지만 글을 읽고 쓰는 학습은 대성공이었다. 가을 즈음에는 모든 동물들이 어느 정도 글을 깨치게 되었기 때문이다.

돼지들은 완벽하게 읽고 쓸 수 있었다. 개들은 제법 잘 읽을 수 있게 되었지만, 칠계명 외에 다른 것들은 별로 읽으려고 하지 않았다. 염소인 뮤리엘은 개들보다 글을 잘 읽었는데, 가끔 저녁에 쓰레기 더미에서 신문지 조각을 찾아와서 다른 동물들에게 읽어주곤 했다. 벤저민도 돼지들만큼 글을 읽을 수 있었지만 절대 자신의 능력을 드러내 보이는 법이 없었다. 자기가 보기에 도무지 읽을 만한 것이 없다고 했다. 클로버는 알파벳을 깨우치기는 했는데 조합을 하지 못했고, 복서는 D 이상은 진도가 나가지 못했다. 커다란 발굽으로 흙바닥에 A, B, C, D까지 써놓고는 귀를 바짝 뒤로 세우고 뚫어져라 들여다보다가 때로는 앞 갈기를 흔들어가면서 다음 글자를 생각해내려고 무진 애를 썼지만, 단 한 번도 성공하지 못했다. 몇 번인가 정말로 E, F, G, H를 익힌 적이 있었는데, 그러고 나면 번번이 A, B, C, D를 까먹곤 하는 것이었다. 결국 첫 네 글자를 익힌 것으로 만족하기로 하고 이마저도 잊어버리지 않도록 매일 한두 번씩 써보곤 했다. 몰리는 자기 이름의 철자로 들어가는 여섯 글자 외에는 배우려고 하지 않았다. 그리고 그 여섯 글자를 나뭇가지로 예쁘게 써놓고는 꽃으로 장식한 다음 글자 주변을 빙빙 돌면서 감상하는 것을 좋아했다.

그 외의 농장 동물들은 글자 A 이상은 깨치지 못했다. 그리고 양이나 암탉, 오리와 같이 머리가 좋지 못한 동물들은 칠계명도 제대로 이해하지 못하고 있음이 밝혀졌다. 스노볼은 곰곰이 생각한 끝에 칠계명은 사실상 하나의 실천 원칙으로 요약될 수 있다고 공표했다.

"네 다리는 좋고, 두 다리는 나쁘다."

이 하나의 원칙에 동물주의의 핵심이 담겨 있기 때문에 이것만 숙지하면 인간의 영향력으로부터 안전하게 자신을 보호할 수 있다고 했다. 새들도 다리가 둘이었기 때문에 처음에는 이의를 제기했는데 스노볼이 그렇지 않은 이유를 설명해주었다.

"동지들, 새의 날개는 조작을 위한 기관이 아니라 추진을 위한 기관이오. 그러므로 다리로 간주되어야 하오. 인간을 특정 짓는 것은 그들의 손이오. 인간의 모든 악행이 비롯되는 도구는 바로 그들의 손이니까."

새들은 스노볼의 장황한 설명을 이해하지 못했지만 그대로 받아들이기로 했다. 그 밖에 미천한 다른 동물들도 이 새로운 실천 원칙을 암기하라는 지침을 받았다. '네 다리는 좋고, 두 다리는 나쁘다'는 실천 원칙은 헛간 벽면에 쓰인 칠

계명 위에 조금 더 큰 글씨로 쓰였다. 양들은 이 원칙을 일
단 암기하고 나자 얼마나 좋아하는지 종종 들판에 누워 다
같이 합창으로 외우곤 했다. "네 다리는 좋고 두 다리는 나
쁘다! 네 다리는 좋고 두 다리는 나쁘다!" 몇 시간씩 지치지
도 않고 합창을 했다.

나폴레옹은 스노볼의 위원회들에 전혀 관심을 보이지 않
았다. 그는 젊은 동물들을 교육하는 일이 이미 어른이 된 동
물들을 위해 뭔가를 하는 것보다 더 중요하다고 했다. 건초
수확이 끝나고 제시와 블루벨이 둘 다 해산을 하여 총 아홉
마리의 건강한 새끼가 태어났다. 나폴레옹은 새끼들이 젖
을 떼자마자 그들의 교육을 자신이 책임지겠노라고 하면서
어미 품에서 데려갔다. 그러고는 마구 창고에서 사다리를
타고 올라가야만 닿을 수 있는 다락에 올려놓았다. 새끼들
은 외부와 철저하게 격리되었기 때문에 농장의 다른 동물
들은 곧 새끼들의 존재를 잊어버리게 되었다.

사라진 우유의 비밀은 곧 밝혀졌다. 돼지들이 매일 조금
씩 사료 삶은 죽에 섞어 먹고 있었던 것이다.

일찍 영그는 사과들은 어느덧 익어가고 있었다. 과수원
잔디 위에는 바람에 떨어진 사과들이 뒹굴기 시작했다. 동
물들은 당연히 이 낙과들을 공평하게 나누어 먹으리라 생
각했다. 하지만 어느 날, 낙과들을 모두 모아서 마구 창고로
가지고 오라는 명령이 떨어졌다. 모두 돼지들이 먹을 것이

라고 했다. 몇몇 동물들이 불평을 했으나 아무 소용도 없었다. 스노볼과 나폴레옹을 비롯한 모든 돼지들이 만장일치로 찬성했으며 다른 동물들을 설득하는 임무는 스퀄러에게 주어졌다.

"동지들! 우리 돼지들이 이기심이나 특권의식을 가져서 이러는 것이라고 생각하는 것은 아니겠지? 돼지들은 사실 우유와 사과를 싫어하는 편이라오. 나도 싫어하거든. 그런데도 이렇게 하는 것은 우리의 건강을 지키기 위해서요. 이건 과학적으로도 증명된 사실인데, 우유와 사과에는 돼지의 건강에 반드시 필요한 성분이 들어 있다고 하오. 우리 돼지들은 정신노동을 하고 있지 않소. 농장의 관리와 조직이 우리 손에 달려 있으니 말이오. 밤낮으로 동지들의 복지를 위해 고심하고 있으니 우리가 우유를 마시고 사과를 먹는 것은 모두 '동지들을 위해서'인 거요. 돼지들이 맡은 바 임무를 완수하지 못하면 어떻게 되겠소? 존스가 돌아오게 될 거요! 그렇소, 존스가 돌아올 거요! 암, 그렇고말고."

스퀄러는 꼬리를 흔들며 이리저리 껑충거리고 돌아다니며 마치 맹세라도 할 수 있을 것처럼 외쳤다. "동지들 중에 혹시라도 존스가 돌아오기를 원하는 자는 없겠지?"

동물들이 분명하게 알고 있는 단 한 가지 사실이 있다면 그건 바로 자기들은 존스가 돌아오기를 원하지 않는다는 것이었다. 문제를 이런 관점에 비추어 설득을 하니 동물들도 더 이상 할 말이 없었다. 돼지들의 안위를 지키는 일의 중요성이 너무도 확실해진 것이다. 그렇게 하여 더 이상의 논쟁 없이 모두의 동의하에 우유와 떨어진 사과 그리고 앞으로 완전히 익은 후에 수확하게 될 사과도 돼지들만을 위해 남겨두기로 결정되었다.

4장

늦여름 즈음에는 동물농장에서 일어난 사건에 대한 뉴스가
나라 전체의 반 정도에 퍼졌다. 스노볼과 나폴레옹은 매일
비둘기들을 날려 보내서 이웃 농장 동물들과 어울리면서
반란에 대해서 이야기하고 〈영국의 동물들이여〉의 가락을
가르치도록 했다.

그러는 동안 존스 씨는 윌링던에 있는 술집 레드 라이언
에 앉아서 누구든 들어주는 사람만 있으면 하찮은 동물들
에 의해 자기 소유의 농장에서 쫓겨나게 된 천인 공로할 불
의에 대해 하소연을 쏟아놓으며 지내고 있었다. 다른 농장
주들도 말로는 순리를 따져가면서 존스 씨의 불행에 공감
을 하면서도 실질적으로 별 도움을 주지는 않았다. 사실은
각자 속으로 존스 씨의 불행을 어떻게든 자기들에게 유리

한 쪽으로 이용할 수 없을까 궁리하고 있었다. 그나마 다행스러운 것은 동물농장에 인접해 있는 농장이 둘 있었는데, 그 두 농장주들은 평생을 두고 사이가 좋지 않다는 사실이었다. 그중 하나는 '폭스우드'라고 하는 농장인데, 규모는 컸지만 관리가 제대로 되지 않은 재래식 농장이었다. 농장 주변에는 숲의 나무들이 자라면서 농장을 잠식해 들어와 있었고, 목초지도 황량해지고 울타리도 엉망인 상태로 방치되고 있었다. 농장주인 필킹턴 씨는 점잖고 느긋한 성격이었는데, 계절에 따라 낚시나 사냥을 하면서 소일했다. 또 다른 농장은 '핀치필드'라고 하는데, 폭스우드보다 규모는 작지만 관리는 훨씬 잘되고 있었다. 그 농장의 주인은 프레드릭이라는 사람이었는데, 강인하면서도 사리에 밝았다. 그는 끝없는 송사에 매달려 살았는데 거래가 빡빡하기로 소문이 자자했다. 이 두 사내는 서로를 어찌나 싫어하는지 자기들에게 이득이 될 일에 대해서도 경계하고 대치할 정도로 매사에 충돌했다.

게다가 이 두 농장주는 동물농장에서 일어난 반란에 완전히 겁을 먹고 있었기 때문에 자기네 농장의 동물들이 이 사실에 대해서 많은 것을 알게 될까봐 전전긍긍하고 있었다. 처음에는 동물들끼리 농장을 경영한다는 생각 자체를 조롱하는 척하면서 두 주 내에 모든 일이 막을 내릴 것이라고 말했다. 그리고 매너 농장(그들은 계속 매너 농장이라고 부르길 고집했으며 '동물농장'이라는 이름을 절대로 인정하고 싶어 하지 않았다)의 동물들이 계속 자기들끼리 싸우고 있으며,급속도로 굶어 죽어가고 있다는 말을 퍼뜨렸다. 시간이 지나 동물들이 굶어 죽지 않았음이 드러나자 프레드릭과 필킹턴은 말을 바꿔서 동물농장에서 만연하고 있는 무지막지한 잔혹함에 대해서 이야기하기 시작했다. 동물들이 동족끼리 잡아먹고, 시뻘겋게 달아오른 발굽으로 서로 고문하며, 수컷들은 암컷들을 공유하는 일도 있다고 했다. 프레드릭과 필킹턴은 이 모든 것이 자연의 순리를 거스른 반란의 결과라고 말했다.

그러나 동물들이 이런 말을 다 믿은 것은 아니었다. 동물들이 인간을 축출하고 자기들끼리 꾸려가고 있는 멋진 농장에 대한 소문은 모호하면서도 왜곡된 형태로 끊임없이 퍼져 나갔고, 그 한 해 동안은 반항적인 기운이 교외 전체에 감돌았다. 늘 온순해서 다루기 쉬웠던 황소가 갑자기 사납게 돌변하는가 하면, 양들이 울타리를 넘어뜨리고 토끼풀을 함부로 뜯어 먹는 일도 있었다. 젖소가 양동이를 걷어차기도 하고, 사냥 말들이 장애물 넘기를 거부하고 갑자기 멈춰버리는 바람에 말 등에 타고 있던 기수가 울타리 너머로 던져지는 일도 있었다. 무엇보다도 〈영국의 동물들이여〉의 가락은 물론 가사까지도 모두가 알게 되었다. 노래는 놀라운 속도로 퍼져 나갔는데 사람들은 이 노래를 들을 때마다 말도 안 되는 엉터리라고 치부하는 척했지만 속으로는 끓어오르는 분노를 참을 수 없어 했다. 아무리 동물들이지만 어쩌면 그렇게 경멸스러운 쓰레기를 입에 담을 수 있느냐고들 했다. 어떤 동물이든 그 노래를 부르는 것이 사람들의 눈에 띄면 그 자리에서 매를 맞았지만, 그럼에도 노래는 불가항력적으로 퍼져 나갔다. 지빠귀는 울타리에서 휘파람으로 지저귀면서 이 노래를 불렀고, 비둘기는 느릅나무에 앉아 이 노랫가락을 구구댔다. 대장간의 망치 소리에도, 교회의 종소리에도 이 노랫가락이 배어들었다. 사람들은 이 노래가 자기들의 암담한 미래를 예언하는 것 같아서 들을 때마다 남모르게 치를 떨었다.

옥수수 추수가 끝나고 일부는 이미 탈곡을 마친 10월 초의 어느 날, 비둘기 한 떼가 동물농장으로 날아와 공기를 가르며 선회하다가 잔뜩 흥분된 상태로 마당에 내려앉았다. 존스 씨와 그의 일꾼들 그리고 폭스우드와 핀치필드 농장 사람들 여섯 명 정도가 빗장 다섯 개짜리 문을 열고 들어와 사육장으로 향하는 수렛길을 따라 올라오고 있었다. 총을 들고 앞장을 선 존스 씨를 제외한 다른 사람들은 모두 손에 나무 몽둥이를 들고 있었다. 농장을 되찾으려는 것이 틀림없었다.

이런 상황은 오래전부터 예상되었고, 따라서 만반의 준비가 갖추어져 있었다. 농가 저택에서 율리우스 카이사르의 군사 작전에 관한 고서를 찾아 읽으면서 연구를 해온 스노볼이 방어 작전의 지휘를 맡았다. 스노볼은 신속하게 명령을 내렸고, 모든 동물이 지정된 위치로 갔다.

인간들이 사육장의 축사 가까이 오자 스노볼이 첫 번째 공격 명령을 내렸다. 서른다섯 마리의 비둘기들이 인간들의 머리 위로 날아올라 허공에서 똥을 쌌다. 인간들이 똥벼락을 맞고 정신이 없는 동안 울타리 뒤에 숨어 있던 거위들이 달려들어 장딴지를 사정없이 쪼아댔다. 하지만 이것은 약간의 혼란을 빚기 위한 가벼운 전초전에 불과했기에 인간들은 나무 몽둥이를 이용해서 쉽게 거위들을 물리쳤다. 이제 스노볼은 2차 공격을 시작했다. 스노볼의 지휘를 받아 뮤리엘과 벤저민 그리고 모든 양들이 인간들에게 달려들어 사방에서 찌르고 들이받았다. 동시에 벤저민은 뒤로 돌아서서 작은 발굽을 이용해 맹렬한 타격을 가했다. 그러나 이번에도 역시 나무 몽둥이와 징을 박은 부츠로 무장한 인간들은 동물들에게 너무 강한 적수였다. 스노볼이 큰소리로 꽥액 하고 후퇴 명령을 내리자 동물들은 일제히 돌아서서 입구를 지나 마당으로 달아났다.

인간들이 승리의 환호를 올렸다. 기대했던 대로 동물들이 달아나는 것을 보자 마구잡이로 뒤쫓기 시작했다. 스노볼이 노렸던 바로 그 상황이 벌어진 것이다. 인간들이 마당 깊숙이 들어오자 외양간에 매복하고 있던 세 마리의 말과 세 마리의 암소 그리고 돼지들이 인간들 뒤로 다가가 퇴로를 차단했다. 그러고 나자 스노볼이 진격 명령을 내렸다. 스노볼 자신은 존스 씨를 향해 달려들었다. 존스 씨는 스노볼이 달려오는 것을 보자 총을 들어 발사했다. 탄알들이 스노볼의 등줄기에 핏빛 띠를 만들며 스쳤고, 양 한 마리가 죽어 넘어졌다. 스노볼은 한순간의 지체함도 없이 15스톤*이나 되는 체중을 실어 존스 씨의 다리를 향해 몸을 날렸다. 존스 씨는 분뇨 더미 위로 던져지면서 총을 놓치고 말았다. 하지만 역시 진풍경은 복서가 종마처럼 뒷다리로 일어나서 편자가 박힌 발굽으로 펀치를 날리는 장면이었다. 복서의 첫 번째 펀치는 폭스우드에서 온 마구간지기 소년의 머리통에 명중했는데, 그 한 방으로 소년은 완전히 대자로 뻗은 채 진흙탕에 처박혔다. 그 광경을 목격한 여러 명의 사내들이 몽둥이를 버리고 달아나려고 했다. 그러자 공포에 질려 달아나는 그들 뒤를 동물들이 일제히 따라붙는 바람에 농장 마당을 돌고 또 도는 추격전이 벌어졌다. 인간들은 뿔에 받히고, 발에 차이고, 물리고, 짓밟혔다. 농장 동물들 모두가 어떻게든 자기만의 방식으로 앙갚음을 했다. 지붕에 있던 고양이조차도 갑자기 소치기의 어깨로 뛰어내려서 그의 목에 발톱자국을 내서 기절초풍으로 비명을 지르게 만들었다.

* 무게의 단위로 1스톤은 6.35킬로그램 정도 된다.

잠시 포위망이 뚫린 틈이 생기자 인간들은 기회를 놓칠세라 마당 밖으로 달려 나가서 대로를 향해 줄행랑을 쳤다. 그렇게 해서 인간들은 동물농장으로 쳐들어간 지 채 5분도 지나지 않아서 같은 길로 수치스러운 후퇴를 해야 했으며, 거위 떼는 쉬익 하는 소리와 함께 정문까지 따라가면서 종아리를 쪼아댔다.

이제 인간들은 모두 달아나고 한 명만 남았다. 마당에 고인 진흙탕에 얼굴을 박고 엎어져 있는 마구간지기 소년이었다. 복서가 발굽으로 소년을 건드리면서 돌려 눕히려 했지만 소년은 전혀 움직이지 않았다.

"죽었나봐." 복서가 슬픈 목소리로 말했다. "그럴 의도는 아니었는데……. 내가 쇠발굽을 끼고 있다는 사실을 깜박했어. 내가 일부러 그런 것이 아니라고 한들 누가 믿어줄까?"

"감정에 빠져들지 마시오, 동지!" 스노볼이 소리쳤다. 그의 상처에서는 여전히 피가 흘러 뚝뚝 떨어지고 있었다. "전쟁은 전쟁이요. 살아 있는 인간 중에 선한 존재란 없소."

"하지만 나는 살생을 하고 싶지는 않아. 인간이라 해도 말이지." 이렇게 말하는 복서의 눈에는 눈물이 가득 고였다.

"그런데 몰리는 어디 있지?" 누군가가 말했다.

몰리가 보이지 않았다. 동물들은 잠시 긴장했다. 인간들이 몰리를 해쳤거나 데리고 갔을 수도 있기 때문이었다. 그러나 나중에 찾고 보니 자기 축사에서 여물통에 담긴 건초에 머리를 박고 숨어 있었다. 몰리는 총소리가 나자마자 달아난 것이었다. 그리고 마구간지기 소년은 사실 죽은 것이 아니라 잠시 정신을 잃은 것뿐이었으며, 동물들이 몰리를 찾고 나서 다시 마당으로 돌아왔을 때는 이미 정신을 차리고 달아난 다음이었다.

동물들이 의기충천한 상태로 다시 모였다. 각자 전투에서 보여주었던 자신의 무용담을 목청껏 자랑하느라 바빴다. 즉석에서 승리를 자축하는 파티가 열렸다. 깃발이 게양되고 〈영국의 동물들이여〉가 여러 번 제창되었다. 이번 전투에서 희생된 양을 위해 엄숙한 장례식을 거행하고 무덤에는 산사나무를 심어주었다. 그러고 나서 무덤가에서 스노볼이 간단한 연설을 했다. 모든 동물이 동물농장을 위해서라면 목숨을 버릴 각오를 해야 한다는 점을 강조하는 내용이었다.

또한 훈장을 제정하자는 데에도 만장일치로 동의하였다. 그리고 그 자리에서 스노볼과 복서에게 '일급 동물 영웅 훈장'이 수여됐다. 청동 메달이었는데(사실은 마구 창고에서 찾은 낡은 놋쇠 말장식이었다) 일요일과 공휴일에 걸고 지내라는 거였다. 죽은 양에게는 '이급 동물 영웅 훈장'이 추서되었다.

이번 전투에 어떤 이름을 붙여야 할지에 대해서도 긴 토론이 있었다. 그러다가 결국 '외양간 전투'라 부르기로 결정했다. 매복 동물들이 처음 공격에 나선 지점이 바로 그곳이었기 때문이다. 진흙탕에서 존스 씨의 총이 발견되었는데 탄약통은 농가 저택에 보관되어 있다는 사실도 밝혀졌다. 총은 마치 대포처럼 깃대 아래 세워두고 일 년에 두 번, 한 번은 외양간 전투 기념일이 될 10월 12일에, 또 한 번은 반란 기념일인 하지 축제일에 발사하기로 했다.

5장

겨울을 지내면서 몰리는 점점 더 말썽꾼이 되어갔다. 매일 아침 작업장에 늦게 나타나서는 늦잠을 잤다는 핑계를 대는가 하면, 식욕은 왕성하면서도 이유 없이 여기저기 아프다고 불평을 했다. 온갖 핑계를 대고 작업장에서 빠져나가 식수장으로 가서는 물에 비친 자신의 모습을 멍청하게 바라보며 서 있곤 했다. 하지만 그보다 더 심각한 문제가 있다는 소문이 나돌았다. 하루는 몰리가 건초를 씹으며 긴 꼬리를 흔들면서 기분 좋게 마당을 거닐고 있는데 클로버가 그녀 옆으로 다가왔다.

"몰리, 내가 좀 긴요히 할 말이 있어. 오늘 아침에 보니까 네가 동물농장과 폭스우드 사이의 울타리 너머를 보고 있던데. 울타리 너머에는 필킹턴 씨네 일꾼이 서 있고 말이야.

그가 뭔가를 얘기하면서 네 코를 쓰다듬었고 너는 그가 그렇게 하도록 놔두고 있었던 것 같아. 내가 멀리 떨어져 있기는 했지만, 거의 확실하게 본 것 같거든. 몰리, 도대체 뭘 하고 있었던 거지?"

"그 사람도 나도 그런 적 없어! 사실이 아니라고!" 몰리가 펄쩍뛰면서 발로 땅을 굴렀다.

"몰리! 내 얼굴을 똑바로 쳐다봐. 그 사내가 네 코를 쓰다듬지 않았다고 너의 명예를 걸고 나에게 말할 수 있어?"

"사실이 아니라고!" 몰리는 다시 한번 이렇게 말했지만, 클로버의 얼굴을 똑바로 쳐다보지는 못했다. 그러고는 쏜살같이 들판으로 달아나버렸다.

뭔가 클로버의 머릿속을 스치는 것이 있었다. 클로버는 아무에게도 말하지 않고 몰리의 마구간으로 가서 발굽으로 짚단을 헤쳐보았다. 짚단 밑에는 각설탕 무더기와 색색의 리본 뭉치가 숨겨져 있었다.

그로부터 사흘 뒤 몰리가 행방을 감췄다. 그리고 몇 주 동안 그녀의 행적에 대해서 아무것도 알려지지 않았다. 그후 비둘기들의 보고에 따르면 그녀가 윌링턴의 반대편에 있다고 했다. 선술집 밖에 세워둔 빨간색과 검은색 칠을 한 이륜마차의 끌채 사이에 서 있었다고 했다. 체크무늬 반바지에 각반을 찬, 술집 주인처럼 보이는 얼굴이 벌겋고 뚱뚱한 사내가 몰리의 코를 쓰다듬으며 각설탕을 주고 있었다고 한다. 털은 새로 다듬은 듯했고, 앞 갈기에는 주홍색 리본을 매고 있었다고 했다. 비둘기들은 몰리가 매우 흡족한 듯 보였다고 했다. 그후로 어떤 동물도 몰리의 이름을 입에 올리지 않았다.

1월의 날씨는 매우 혹독했다. 땅은 얼어붙어 쇠처럼 단단했고, 들판에서 아무 작업도 할 수 없었다. 큰 헛간에서는 수없이 회의가 열렸고, 돼지들은 돌아오는 계절에 할 일들을 계획하느라 바빴다. 누가 봐도 월등히 영리한 돼지들이 농장 정책에 관한 모든 것을 결정해야 한다는 사실에 모두 수긍했지만, 그 사안들은 다수결에 의하여 비준을 받기로 되어 있었다. 스노볼과 나폴레옹 간의 갈등만 아니었다면 이러한 체계는 아주 효과적으로 운영되었을 것이다. 하지만 이들 둘은 반대할 수 있는 모든 일에 서로 반대했다. 한쪽이 보리씨를 더 넓게 뿌려야겠다고 하면, 다른 한쪽은 귀리씨를 더 넓게 뿌려야 한다고 했고, 한쪽이 어느 밭이 양배추 재배하기에 적합하다고 하면, 다른 한쪽은 그 밭은 뿌리작물이 아니면 다른 어떤 것도 기를 수 없는 땅이라고 했다. 그리고 이들 각각을 추종하는 무리들이 있었기 때문에 가끔 폭력적인 논쟁이 벌어질 때도 있었다. 회의에서는 스노볼이 유창한 언변으로 다수의 의견을 얻는 편이었지만, 막후 유세를 통해 세력을 확보하는 일에 있어서는 나폴레옹이 우세했다. 특히 양들의 지지를 얻는 데 성공적이었다.

근래에 들어 양들은 '네 다리는 좋고, 두 다리는 나쁘다'는 표어를 시도 때도 없이 읊어댔다. 회의 중에까지 표어를 읊어대어 흐름을 방해하는 일이 잦았는데, 특히 스노볼이 연설 중에 결정적인 이야기를 하려는 대목에 끼어드는 경우가 많았다. 스노볼은 저택에서 찾은 『농민과 목축업자』의 지난 호들을 읽으며 열심히 연구해서 혁신과 개혁안들을 세워놓고 있었다. 농수로와 사일리지*, 기본 광재**에 대해서 학구적으로 설명을 하는가 하면, 동물들로 하여금 매일 들판의 다른 지점을 정해서 직접 분뇨를 배설하도록 함으로써 짐수레로 분뇨를 나르는 작업을 줄이는 방안을 세우기도 했다. 나폴레옹은 스스로 어떤 방안을 세우지는 않으면서 스노볼의 계획은 모두 수포로 돌아갈 것이라는 말을 조용히 흘리곤 했는데, 마치 때를 기다리고 있는 듯이 보였다. 둘 사이의 그 모든 충돌 중에서도 가장 첨예했던 것은 풍차 때문에 일어났다.

농가에서 멀지 않은 곳에 위치한 넓은 목초지에 작은 둔덕이 있는데, 그곳이 농장에서는 가장 높은 지점이었다. 스노볼은 지면 탐사를 한 후에 그곳이 풍차를 세우기에 최적의 장소라고 했다. 발전기를 돌려서 농장에 전력을 공급하

---

* 수분 함량이 많은 목초류 등 사료작물을 사일로(Silo) 용기에 진공 저장하여 유산균 발효시킨 다즙질 사료.
** 용광로에서 용융철 위에 뜬 것을 유출해 응고시킨 것.

기 위한 것이었다. 마구간에 불을 밝히고 겨울에 난방을 할 수도 있으며, 회전 톱, 사료 절단기, 사탕무 슬라이서를 작동시키고, 전기 착유기를 이용하여 소젖을 짤 수도 있다. 농장은 재래식으로 운영되었기 때문에 아주 원시적인 기계들만 갖추고 있었으므로 동물들은 그런 첨단 기구에 대해서는 들어본 적도 없었다. 스노볼이 이러한 환상적인 기계들을 탁월한 언변으로 그려내자 감탄을 하면서 듣고 있었다. 기계가 자기들의 노동을 대신하는 동안 들판에 편안히 누워서 감상을 하거나 독서, 대화 등으로 정서를 함양하고 있는 모습을 상상하면서.

몇 주 지나지 않아서 스노볼의 풍차 계획이 완성되었다. 기계적인 세부 사항들은 존스 씨 소유였던 세 권의 책,『주택 관리를 위한 천 가지 유용한 기술』,『일반인을 위한 블록 쌓기』,『전기에 관한 초보 지식』에 근거하고 있었다. 스노볼이 연구실로 사용하는 곳은 예전에 부화기를 두었던 헛간으로, 바닥이 매끄러운 나무로 마감되어 있어서 그림을 그리기에 적합했다. 스노볼은 몇 시간씩 연구실에 틀어박혀 지내곤 했다. 돌 옆에 책들을 펼쳐놓고 발굽 사이에 분필을 끼고서 이리저리 분주히 움직이면서 신이 나서 낑낑거리며 한 줄씩 그려 나갔다. 여러 개의 크랭크와 톱니바퀴들이 점점 복잡하게 얽혀지면서 마룻바닥의 반 이상을 차지하는 거대한 설계도가 만들어졌다. 동물들은 설계도를 전혀 이해하지 못하면서도 뭔가 무척 감동적이라고 생각했다. 모두가 적어도 하루에 한 번은 스노볼의 설계도를 감상하기 위해 들르곤 했다. 암탉과 오리들도 다녀갔는데 분필로 그려진 것들을 밟지 않기 위해 필사적인 주의를 기울였다. 오직 나폴레옹만 스노볼의 설계도에 냉담했다. 그는 처음부터 풍차에 대한 반대 의사를 표명했었다. 그러던 어느 날 나폴레옹은 예고도 없이 설계도를 보기 위해 스노볼의 연구소에 들렀다. 무거운 발걸음으로 헛간을 돌면서 설계도를 면밀하게 뜯어보고 한두 번 냄새까지 맡아본 다음 한동안 생각에 잠겼다. 곁눈으로 설계도를 흘끔거리면서. 그러다가 갑자기 한쪽 다리를 들고 설계도 위에 소변을 보고는 한마디 말도 없이 나가버렸다.

풍차 계획을 놓고 농장 전체가 심각하게 둘로 분열되었다. 스노볼도 풍차 건설이 어려운 작업이라는 것은 부정하지 않았다. 돌을 운반해야 할 것이고, 그것들로 벽을 쌓아야 했다. 풍차의 날개도 만들어야 하고, 발전기와 전선도 있어야 한다. (이것들을 어떻게 조달할 것인지에 대해서는 스노볼도 언급한 바가 없었다.) 그러면서도 일 년 안에 모두 이루어질 것이라고 주장했다. 그리고 단언하기를, 그후로는 필요한 노동량이 엄청나게 줄어들 것이므로 동물들은 일주일에 삼 일만 일을 하면 될 것이라고 했다. 한편 나폴레옹은 당장 시급하게 필요한 것은 식량 생산량을 늘리는 일이므로 풍차를 짓느라 시간을 허비하다 보면 모두 굶어 죽게 될 것이라고 주장했다. 그리하여 동물들은 '스노볼 지지하고 일주일에 삼 일 노동'이라는 구호와 '나폴레옹 지지하고 여물통을 채우자'라는 구호 아래 두 개의 당파로 나뉘어졌다. 벤저민만이 유일하게 어느 쪽도 지지하지 않았다. 그는 식량이 풍부해지리라는 것도, 풍차가 노동량을 줄여주리라는 것도 믿지 않았다. 벤저민의 말에 따르면 풍차가 있든 없든 삶은 지금까지와 똑같이 이어질 터였다. 즉 별로 좋아질 것이 없다는 뜻이었다.

풍차에 관한 논쟁과는 별개로, 동물들은 농장을 사수하는 문제에도 직면해 있었다. 외양간 전투에서 인간들이 패배하고 후퇴하기는 했으나 결국 농장을 되찾고 존스 씨를 다시 주인으로 앉히기 위해 전력을 강화해서 다시 한 번, 어쩌면 몇 번이고 반복해서 공격을 해올 수 있기 때문이었다. 동물들이 그렇게 생각하는 데는 그럴 만한 이유가 있었는데, 동물들이 인간들을 물리쳤다는 소문이 교외 전체에 퍼지면서 이웃 농장의 동물들이 전보다 더욱 들썩이고 있었던 것이다.

늘 그렇듯이 이 문제를 놓고도 스노볼과 나폴레옹은 의견이 달랐다. 나폴레옹의 주장은 동물들이 무기를 구해서 사용법을 숙달해야 한다는 것이었다. 스노볼은 비둘기를 더 많이 날려 보내서 다른 농장 동물들이 반란을 하도록 부추겨야 한다고 강조했다. 모든 농장에서 반란이 일어나면 자기들도 더 이상 농장 사수를 할 필요가 없어질 것이라는 논리였다. 동물들은 나폴레옹의 의견에도 솔깃하고 스노볼의 의견에도 솔깃했기 때문에 어느 쪽이 옳은지 판단을 내릴 수가 없었다. 사실상 동물들은 늘 이 말을 들으면 이 말에, 저 말을 들으면 저 말에 수긍하는 편이었다.

드디어 스노볼의 계획이 완성되는 날이 왔다. 다음 돌아오는 일요일에 풍차 건설을 시작할 것인가의 여부를 놓고 투표를 하기로 되어 있었다. 동물들이 큰 헛간에 모이자 스노볼이 자리에서 일어났다. 그러고는 양들이 중간중간 울음소리로 방해를 하는 중에도 꿋꿋이 풍차 건설을 옹호해야 하는 이유를 설명해 나갔다. 그다음에는 나폴레옹이 그에 대한 반론을 펴기 위해 일어섰다. 그는 조용한 소리로 풍차 계획은 말도 안 되는 이야기라고 하면서 누구도 지지하는 쪽에 투표하지 않는 편이 좋을 것이라는 말을 하고는 얼른 다시 자리에 앉았다. 말을 한 시간이 채 30초도 되지 않았을 것이다. 그는 마치 자기의 말이 초래하는 결과에 대해서 아무런 관심도 없는 듯이 보였다. 그러자 스노볼이 다시 일어났다. 때마침 매에 소리를 내려는 양들에게 호통을 쳐서 저지시킨 다음, 열변을 토하며 풍차 건설을 지지해줄 것을 호소했다. 그때까지도 지지도가 거의 비등하게 나뉘어져 있던 동물들의 마음이 스노볼의 웅변에 그에게로 기울어졌다. 스노볼은 그동안 동물들이 등에 지고 있던 구질구질한 노동의 무게를 덜어내고 나서 누리게 될 미래를 수려한 말솜씨로 그려냈다. 스노볼이 펼치는 상상의 세계는 사료 절단기와 순무 슬라이서에서 끝나지 않았다. 전기를 이용해서 마구간마다 전등불과 온수, 냉수, 전기 난방기를 갖출 수 있을 것이며, 탈곡기와 쟁기, 써레, 굴림대, 수확기, 바인더도 전기로 작동하게 될 것이라고 했다.

스노볼이 연설을 끝마쳤을 때에는 이미 투표의 결과에 대해서 의심의 여지가 없었다. 하지만 바로 그 순간 나폴레옹이 자리에서 일어나서는 묘한 곁눈질로 스노볼을 쏘아보면서 그 전에 한 번도 낸 적이 없었던 고성의 울음소리를 냈다. 그러자 밖에서 무시무시한 개 짖는 소리가 나더니 금속장식이 박힌 목줄을 찬 아홉 마리의 거대한 개들이 헛간 안으로 펄쩍 뛰어 들어왔다. 그러고는 곧장 스노볼을 향해 달려들었다. 스노볼은 튀어 오르듯 자리를 떠남으로써 겨우 개들의 날카로운 이빨을 피할 수 있었다. 스노볼은 쏜살같이 문 밖으로 나갔고 개들이 곧 그 뒤를 쫓았다. 벌어지는 광경이 긴박하기도 하고 놀랍기도 했기 때문에 동물들은 문 밖에 모여서서 추격전을 지켜보고 있었다. 스노볼은 대로로 이어지는 긴 목초지를 가로질러 달렸다. 돼지가 낼 수 있는 최고 속력으로 달렸지만 개들은 어느새 그의 발뒤꿈치까지 따라잡고 있었다. 그러다가 갑자기 스노볼이 미끄러지는 바람에 개들이 드디어 그를 잡는가 보다 하고 있는데, 겨우 다시 일어난 스노볼은 한층 더 빠른 속도로 달렸다. 개들이 다시 그를 잡는 것 같았다. 그러다가 개들 중 하나가 꼬리를 거의 물 뻔하는 순간 꼬리를 휘둘러 겨우 빠져나갔다. 스노볼은 더욱 속력을 내어 달렸고 추적하는 개들과 겨우 일이 인치 정도의 사이를 두고 울타리에 난 구멍을 통해 빠져나간 뒤 모습을 감췄다.

겁에 질린 동물들은 숨소리도 죽이며 살금살금 헛간으로 돌아왔다. 잠시 후 개들이 헐떡거리며 돌아왔다. 모두들 처음에는 이 개들이 어디서 왔는지 상상조차 하지 못했지만 곧 알게 되었다. 그들은 바로 나폴레옹이 제시와 블루벨로부터 격리시켜서 개인적으로 교육을 시키던 새끼들이었던 것이다. 아직 다 자라지 않았는데도 몸집이 거대했으며 늑대처럼 사납게 보였다. 개들은 나폴레옹 곁에 바짝 붙어서 다른 개들이 존스 씨에게 그랬듯이 나폴레옹을 향해 꼬리를 흔들었다.

나폴레옹이 예전에 메이저 영감이 연설을 하던, 헛간 끝에 바닥이 높여진 곳으로 올라가자 개들이 그 뒤를 따랐다. 나폴레옹은 이제부터 일요일 회합은 없을 것이라고 공표했다. 일요 회의가 필요하지도 않으며 시간 낭비라고 말했다. 그러면서 앞으로는 농장에서의 작업에 관한 모든 논의는 돼지들로 구성되고, 그 자신이 주재하는 특별위원회에서 해결할 것이라고 했다. 특별위원회의 모임은 비공개로 이루어지며, 추후에 결정 사항을 동물들에게 알려줄 것이라고 했다. 동물들은 여전히 일요일 아침에 모일 것이지만, 그것은 깃발 경배와 〈영국의 동물들이여〉 제창 그리고 그 주의 지시사항 전달을 위한 것이며 더 이상 토론은 하지 않는다고 했다.

스노볼의 추방도 충격적이긴 했지만, 동물들은 이러한 공지에 당혹감을 감출 수 없었다. 합당한 논리만 펼칠 수 있었다면 그들 중 몇몇은 반론을 제기했을 것이다. 복서조차도 뭔지 모르게 마음이 편치 않았다. 복서는 귀를 뒤로 젖힌 채 앞 갈기를 몇 번이나 흔들면서 생각을 정리하려고 애썼다. 하지만 결국 아무런 말도 생각해내지 못했다. 하지만 돼지들 중에는 좀 더 예리한 사고를 할 수 있는 자들이 있었다. 맨 앞에 앉은 젊은 돼지 네 마리가 받아들일 수 없다는 듯이 날카로운 울음소리를 내고는 자리에서 일어나 동시에 항변을 하려고 했다. 그러나 나폴레옹 곁에 앉아 있던 개들이 낮은 소리로 무섭게 으르렁거리는 바람에 젊은 돼지들은 조용히 다시 앉을 수밖에 없었다. 그러고 나서 양들이 일제히 구호를 외치기 시작했다. "네 다리는 좋고, 두 다리는 나쁘다!" 거의 15분 정도를 이렇게 외쳐대는 바람에 더 이상의 토론이 이어질 수 없었다.

회합이 끝난 후 스퀼러가 농장을 돌아다니며 새로운 운

영방식에 대해서 동물들에게 설명했다.

"동지들, 우리 농장의 동물들 모두 나폴레옹 동지가 우리를 위해서 더 많은 일거리를 짊어지고 희생하는 것에 대해서 감사해하고 있다고 믿소. 지도자의 역할이라는 것이 재미있고 즐거운 것이라고 생각지 마시오! 오히려 골치 아프고 무거운 책임을 짊어지는 것이오. 나폴레옹 동지는 모든 동물은 평등하다는 진리를 어느 누구보다도 굳게 믿고 있소. 그도 기꺼이 여러분 스스로 결정하게 하고 싶을 것이오. 하지만 동지들이 때로는 잘못된 판단을 내릴 수도 있고, 그렇게 되면 우리는 어떻게 되겠소? 동지들이 스노볼의 터무니없는 풍차 계획을 따르기로 결정했다고 칩시다. 동지들도 이제 알다시피 그는 범죄자가 아니오?"

"스노볼은 외양간 전투에서 용감하게 싸웠는데." 누군가가 말했다.

"용맹스러움이 전부는 아니오." 스퀼러가 말했다. "충성심과 복종이 더 중요하지. 외양간 전투에 관해서도 언젠가는 스노볼의 역할이 너무 과장되었다는 것이 밝혀질 것이라고 믿소. 기강을 잡는 것이 중요하오, 동지들. 강철처럼 탄탄한 기강! 오늘 동지들이 명심해야 할 좌우명은 바로 이것이오. 한 발자국만 잘못 디디면 적들이 우리를 무너뜨릴 것이오. 동지들도 존스가 다시 쳐들어오기를 바라지는 않을 거요, 그렇지 않소?"

이번에도 동물들은 반박할 말을 찾지 못했다. 존스가 다시 오기를 바라지 않는 것이 분명한 이상, 일요일 아침에 토론을 하는 것이 정말로 존스를 다시 오게 한다면 토론을 더이상 하지 않는 게 맞았다. 복서는 곰곰이 생각해보더니 자신의 생각을 말했다. "나폴레옹 동지가 그렇게 말했다면 그게 맞는 걸 거야." 그다음부터 복서는 '내가 좀 더 열심히 할게'라는 모토에 하나 더하여, '나폴레옹은 항상 옳아'도 자신의 실천 원칙으로 삼았다.

이즈음 날이 풀려 봄철 밭갈이가 시작되었다. 스노볼이 풍차 설계도를 그렸던 헛간은 폐쇄되었으며 모두들 설계도는 지워졌으리라 생각하고 있었다. 매주 일요일 아침 10시가 되면 동물들은 큰 헛간에 모여 그 주의 지시사항을 받았다. 동산에서 뼈만 남은 메이저 영감의 두개골을 파다가 깃대 아래 있는 나무 그루터기에 올려놓았다. 총을 기대놓은 바로 옆이었다. 깃발이 게양된 후, 동물들은 큰 헛간에 들어가기 전에 줄을 지어 두개골 옆을 지나면서 경의를 표해야 했다.

또한 이제는 예전처럼 모두 함께 모여 앉지 않았다. 나폴레옹과 스퀄러 그리고 미니무스라는 노래와 시를 잘 짓는 또 한 마리의 돼지가 단상 위 맨 앞줄에 앉았다. 그리고 그들 주위로 아홉 마리의 젊은 개들이 반원을 그리고 앉았다. 다른 돼지들은 그 뒤에 앉았다. 그 외의 동물들은 넓은 헛간

바닥에 단상을 마주보고 앉았다. 나폴레옹이 거친 딱딱한 군대 스타일로 그 주의 지시사항을 읽고 나면 〈영국의 동물들이여〉를 한 번 부르고 나서 모두 해산했다.

스노볼이 추방되고 세 번째 돌아오는 일요일에 의외의 소식이 동물들에게 전해졌다. 나폴레옹이 결국 풍차를 건설하기로 했다는 것이다. 결정을 번복한 이유에 대해서는 말하지 않으면서 다만 동물들에게 추가로 주어지는 이 작업은 매우 힘든 노동이 될 것이라는 말만 했다. 또한 배급되는 식량을 줄여야 하는 상황까지도 생길 수 있다고 했다. 하지만 풍차 건설 계획은 세부사항까지 모두 세워져 있었으며, 돼지들로 구성된 특별위원회가 지난 삼 주간 이 계획에 투입되어 일하고 있었다. 제반 개선 작업을 포함해서 풍차 건설은 이 년이 걸릴 것으로 예상됐다.

그날 저녁 스퀼러는 동물들에게 나폴레옹이 그동안 풍차 계획에 반대를 한 것이 아니었다고 설명했다. 오히려 처음에는 풍차 건설 계획을 옹호했으며, 사실은 스노볼이 인큐베이터 헛간 바닥에 그려놓았던 설계도는 나폴레옹의 서류 더미에서 훔쳐낸 것이라고 했다. 그러면서 풍차는 사실상 나폴레옹의 아이디어였다는 것이다. 그러자 누군가가 그럼 왜 그렇게 강하게 반대하는 말을 했느냐고 물었다. 그러자 스퀼러가 아주 교활한 표정을 지었다. 그러면서 그런 점이 바로 나폴레옹 동지의 명민함이라고 했다. 농장 동물들에게 위험한 존재이면서 나쁜 영향을 끼치는 스노볼을 제거하기 위한 묘책으로 풍차 건설에 반대하는 척했다는 것이다. 이제 스노볼이 제거되었으니 그의 방해를 받지 않고 계획을 진행시킬 수 있게 되었다고 했다. 스퀼러는 이런 것이 바로 전략이라고 했다. 그러고는 이 말을 몇 번이나 되풀이했다. "전략이라고, 동지들. 전략!" 스퀼러는 껄껄거리는 웃음과 함께 꼬리를 흔들며 이리저리 뛰어다녔다. 동물들은 그 말의 뜻을 정확히 알 수는 없었으나 스퀼러의 말이 워낙 설득력이 있기도 하고, 또 스퀼러와 함께 다니는 세 마리의 개가 너무 무섭게 으르렁거렸기 때문에 더 이상 의문을 제기하지 않고 그의 설명을 받아들였다.

6장

그 한 해 동안 동물들은 노예처럼 일했다. 그럼에도 행복했다. 그 노동이 게으른 약탈자, 인간들을 위한 것이 아니라 자신들과 후세를 위한 것임을 잘 알고 있었기 때문에 억울하지 않았다.

봄부터 여름까지 동물들은 주당 60시간씩 일을 했다. 그런데 8월이 되자 나폴레옹은 이제부터 일요일 오후에도 일을 해야 할 것이라고 했다. 이 작업은 전적으로 자발적인 참여에 의한 것이기는 하지만, 이 작업에 빠지는 동물은 배급 식량을 반만 줄 것이라고 했다. 그렇게 했음에도 끝내지 못하고 남는 작업들이 있었다. 추수는 전년에 비해 그다지 성공적이지 못했다. 초여름에 뿌리작물을 심기로 했던 밭 두 군데의 밭갈이가 늦어지는 바람에 경작을 하지 못했던 것이다. 다가오는 겨울을 나기가 힘들 것이 불 보듯 뻔했다.

풍차 건설에도 예상치 못했던 어려움이 있었다. 농장에는 훌륭한 석회석 채석장도 있고, 별채 창고에는 충분한 양의 모래와 시멘트도 있었기 때문에 풍차 건설에 필요한 모든 재료가 확보되어 있는 셈이었다. 하지만 그 돌들을 사용하기 좋은 크기로 쪼갤 방법을 좀처럼 생각해낼 수 없었다. 곡괭이와 쇠지렛대를 사용하는 방법밖에 없는 것 같은데 동물들은 뒷다리만으로 설 수 없으니 그러한 기구를 사용할 수 없었던 것이다. 몇 주 동안 헛고생만 한 끝에 누군가가 좋은 아이디어를 내놓았는데 바로 중력의 힘을 이용하는 것이었다. 그대로 쓰기에는 너무 큰 돌덩이들이 채석장 바닥에 널려 있었다. 그 돌 둘레에 밧줄을 둘러 묶은 다음 암소와 말, 양을 비롯하여 밧줄을 잡을 수 있는 동물들이 모두 힘을 합해 끙끙거리며 아주 천천히 채석장 꼭대기 경사면으로 끌고 갔다. 결정적으로 힘이 필요한 순간에는 돼지들까지도 합세를 했다. 그런 다음 절벽에서 돌을 떨어뜨려 쪼개는 방법이었다. 일단 돌이 쪼개진 다음에 옮기는 일은 비교적 수월했다. 말은 수레에 실어 날랐고, 양들은 하나씩 끌어서 날랐다. 뮤리엘과 벤저민까지도 멍에를 차고 이륜 수레를 이용해 자기들의 몫을 했다. 늦여름이 되었을 때에는 충분한 양의 돌이 준비되었고, 돼지들의 감독하에 공사가 시작되었다.

하지만 공사는 더디고, 고된 노동을 필요로 했다. 돌덩이 하나를 채석장 꼭대기까지 끌고 가기 위해서 하루 종일 피땀을 흘려야 하는 날도 종종 있었을 뿐 아니라, 절벽에서 떨어뜨렸는데 깨지지 않는 경우도 있었다. 복서 없이는 아무 일도 되지 않았다. 복서 하나의 힘이 농장의 나머지 동물 모두를 합한 것과 맞먹기 때문이었다. 언덕에서 돌이 미끄러지기 시작하면 그것을 끌던 동물들이 함께 끌려 내려가면서 아우성을 쳤고, 그러면 언제나 복서가 밧줄을 있는 힘껏 당겨서 돌을 멈춰 세운 다음 꼭대기까지 끌어올리곤 했다. 한 걸음 한 걸음 가파른 언덕을 오를 때 보면, 숨이 점점 가빠지면서 땅을 파듯이 발굽에 힘이 들어갔고, 거대한 몸통을 타고 땀이 흥건하게 흘렀다. 동물들은 애잔한 존경의 눈으로 그런 복서를 바라보았다. 클로버는 가끔씩 복서에게 몸을 너무 혹사시키지 말라고 주의를 주곤 했지만, 복서는 전혀 귀담아듣진 않았다. 복서에게는 '내가 좀 더 열심히 할게'와 '나폴레옹은 언제나 옳아' 이 두 개의 슬로건이 모든 문제의 해답인 것 같았다. 복서는 어린 수탉에게 이제 30분이 아니라 45분 먼저 깨워달라고 부탁했다. 그렇게 어렵게 여유 시간을 만들어서는 혼자 채석장으로 갔다. 그리고 누구의 도움도 받지 않고 깨진 돌들을 수레에 실어 풍차 공사장으로 끌고 갔다.

고된 노동임에도 불구하고 동물들은 예정된 일정에서 과

히 벗어나지 않고 여름 내 작업을 진행했다. 존스 씨가 운영할 때에 비하여 더 많은 식량을 갖지는 못했지만, 최소한 그때보다 적지는 않았다. 자기들 먹을 식량만 생산하면 되고, 호사스러운 인간들 다섯 명의 식량까지 지원할 필요가 없다는 장점이 너무 커서 많은 실수와 손실을 상쇄하고도 남았다. 또한 일을 처리하는 방법에 있어서도 동물들이 여러 가지로 더 효율적이고 노동 축약적이었다. 예를 들어 김매기 같은 것도 인간이 하기에는 불가능한 정도로 완벽하게 할 수 있었다. 그리고 이제는 동물 중에 훔치는 자들도 없었기 때문에 목초지와 경작지를 구분하는 울타리를 칠 필요도 없었다. 따라서 울타리와 문을 유지 보수하는 데 소요되는 상당한 노동량을 절감할 수 있었다.

그렇기는 했지만, 여름을 지내면서 여러 가지 예상치 못했던 품목들이 부족하다는 사실이 드러났다. 파라핀 오일, 못, 노끈, 개 비스킷 그리고 말들을 위한 쇠발굽 등 농장에서 생산해낼 수 없는 것들이었다. 그리고 나중에는 씨앗과 인조 비료도 필요해질 것이고, 여러 가지 도구들은 물론, 궁극적으로는 풍차를 위한 기계 장치도 필요했다. 이러한 것들을 조달할 수 있는 방법에 대해서는 그 누구도 상상조차 못하고 있었다.

어느 일요일 아침, 동물들이 지시사항을 받기 위해 모였을 때 나폴레옹이 새로운 방침을 하나 정했다고 말했다. 이제부터 동물농장은 주변 농장들과 무역을 하기로 했다는 것이다. 물론 상업적 목적을 위해서는 아니고 단지 시급히 필요한 물품들을 얻기 위해서라고 했다. 풍차에 필요한 사항이 다른 어떤 사안보다도 우선되어야 한다는 것이었다. 그러므로 건초 더미와 올해 밀 수확의 일부를 팔 수 있는 방법을 생각하고 있으며, 나중에 돈이 더 필요해지면 그때는 달걀을 팔아서 충당할 것이라고 했다. 윌링던에는 언제나 달걀을 찾는 인간들이 있을 것이므로. 나폴레옹은 암탉들이 풍차 건설에 공헌한다는 의미에서 이러한 희생을 기꺼이 감수해야 할 것이라고 했다.

동물들은 또 한번 뭔지 모르게 석연치 않은 느낌을 받았다. 인간들과 어떠한 일로도 상대하지 말 것이며, 거래에 관여하지 말고, 돈을 사용하지 말라는 것이 존스를 축출한 후 첫 번째 승리의 회합에서 결정된 사항들 아니었던가? 동물들 모두 그렇게 결론을 내렸던 것을 기억하고 있었다. 아니 최소한 기억한다고 생각하고 있었다. 나폴레옹이 회합을 폐지했을 때 항의했던 네 마리의 젊은 돼지들이 이번에도 소심하게 항의를 시도하려다가 무시무시한 개들의 으르렁거림에 바로 입을 다물었다. 그러고 나서 늘 그러듯이 양들이 구호를 외치기 시작했다. "네 다리는 좋고, 두 다리는 나쁘다!" 그러자 잠깐 동안의 긴장감이 풀어졌다. 끝으로 나폴레옹이 앞발을 들어 소란한 분위기를 잠재우고 나서, 이미 모든 세부 사항들이 잘 결정되었다고 밝혔다. 동물들이 인간들과 접촉하는 것은 바람직하지 않은 일이므로 그런 일은 절대 일어나지 않을 것이라고 했다. 모든 짐은 자기가 짊어지겠다고 했다. 윌링던에 사는 '윔퍼'라는 이름의 판매원이 동물농장과 외부 세계를 이어주는 중개인 역할을 해주는 데 동의했다는 것이다. 그가 매주 월요일 아침에 농장으로 와서 지시사항을 받을 것이라고 했다. 나폴레옹은 늘 그러듯이 '동물농장 만세!'를 외치는 것으로 연설을 마무리했으며 동물들은 이어 〈영국의 동물들이여〉를 부르고 모두 해산했다.

이어서 스퀼러가 농장을 한 바퀴 돌면서 동물들의 마음을 다독였다. 그는 거래를 하지 말라거나 돈을 사용하지 말라는 사항이 회의에서 통과된 적이 없으며, 그런 안건이 상정된 적도 없다는 점을 강조했다. 그것은 단지 동물들의 생각 속에서 일어난 것이며, 아마도 스노볼이 퍼뜨린 거짓 소문들에서 근거한 것 같다고 했다. 몇몇 동물들이 여전히 미심쩍어 하자 약삭빠른 스퀼러가 다그쳤다. "동지가 꿈을 꾼 것이 아니라는 것을 확신할 수 있소? 그런 결론이 내려졌었다는 기록이 있느냐 말이오. 어디 써놓은 것이라도 있소?" 그러한 기록이 남아 있지 않음을 잘 알고 있는 동물들은 자기들의 기억이 잘못된 것으로 받아들였다.

윔퍼는 약속한 대로 매주 월요일에 농장을 방문했다. 체격이 작고 구레나룻을 기른 교활해 보이는 사내로 아주 영세한 사업을 하고 있었다. 하지만 매우 영리하기 때문에 동물농장이 중개인을 필요로 할 것이며 수수료도 넉넉하게 받을 수 있을 것임을 누구보다도 빨리 간파하고 있었다. 동물들은 윔퍼와 마주치는 일은 되도록 피하면서도 그의 방문을 두려움 섞인 시선으로 지켜보고 있었다. 네 발을 짚고 있는 나폴레옹이 두 다리로 서 있는 윔퍼에게 지시를 하는 모습은 동물들에게 자부심을 안겨주었고, 부분적으로나마 이 새로운 정책을 수긍할 수 있게 해주었다. 동물들과 인간의 관계가 예전과는 달라진 것이다.

그렇지만 동물농장이 번성하고 있다고 해서 사람들의 증오심이 줄어든 것은 아니었다. 사실을 말하자면 전보다 더 증오하고 있었다. 모두들 동물농장이 언제고 망하게 될 것임을 믿어 의심치 않았으며, 무엇보다도 풍차 건설이 실패할 것임을 확신하고 있었다. 술집에 모여 서로 그림을 그려가면서 풍차는 무너질 수밖에 없다는 것을 설명하느라 열을 올렸다. 그리고 설사 서 있다 해도 가동되지는 않을 것이라고 했다. 그러면서도 썩 내키지는 않지만, 동물들이 스스로 농장을 이끌어가는 것에 대해서는 어느 정도 인정해주는 마음이 생기고 있었다. 예를 들어 '동물농장'이라는 정식 명칭을 사용하기 시작했으며, 더 이상 그곳이 매너 농장이라는 생각을 하지 않았다. 또한 농장을 되찾을 것이라는 희망을 버리고 타향으로 떠나버린 존스 씨에 대해서도 더 이상 영웅시하는 마음을 갖지 않았다. 아직까지는 윔퍼를 통해서가 아니면 동물농장은 외부 세계와 접촉을 하지 않았다. 하지만 나폴레옹이 폭스우드의 필킹턴이나 핀치필드의 프레드릭, 둘 중 하나와 본격적인 비즈니스 계약을 맺으려는 중이라는, 그러나 절대로 두 농장과 동시에 하지는 않을 것으로 보인다는 소문이 끊이지 않았다.

돼지들이 갑자기 농가 저택으로 옮겨가 살기 시작한 것은 바로 이 무렵이었다. 이번에도 동물들은 반란 초기에 이를 금지하는 결의문이 채택되었던 사실을 기억해냈지만, 스퀄러는 다시 한번 그렇지 않다는 것을 동물들에게 납득시키는 데 성공했다. 스퀄러는 농장의 수뇌부인 돼지들이 조용히 업무를 처리할 수 있는 장소를 가져야 한다고 했다. 그리고 지도자의 권위를 생각해보아도 돼지우리보다는 저택에 거주하는 것이 합당하다고 했다. (스퀄러는 최근 들어 나폴레옹을 '지도자'라는 호칭으로 부르고 있었다.) 그럼에도 불구하고 돼지들이 주방에서 식사를 하고 거실을 오락실로 사용하며, 침대에서 잠을 잔다는 말을 듣자 몇몇 동물들은 마음이 혼란스러워졌다. 복서는 언제나 그랬듯이 "나폴레옹은 항상 옳아!"라는 신조로 받아들이고 넘어갔다. 하지만 침대 사용을 금하는 규칙을 기억한다고 믿고 있는 클로버는 헛간에 쓰인 칠계명을 열심히 들여다보았다. 아무리 애를 써도 각각의 글자밖에 읽을 수 없는 클로버는 뮤리엘을 불렀다. "뮤리엘 네 번째 계명을 읽어줘 봐. 절대로 침대에서 잠을 자면 안 된다고 쓰여 있지 않아?"

뮤리엘은 애를 먹어가며 한 글자씩 또박또박 읽어갔다. "'어떤 동물도 침대에서 시트를 덮고 잠을 자서는 안 된다'라고 쓰여 있는데." 뮤리엘이 마침내 네 번째 계명을 읽어주었다.

클로버는 네 번째 계명에 시트가 언급되지는 않았었는데 참 이상하다고 생각했지만, 벽에 그렇게 쓰여 있으니 그게 맞는 것 같았다. 때마침 두세 마리의 개를 데리고 지나가던 스퀼러가 상황을 제대로 정리해줄 수 있었다.

"우리 돼지들이 이제 농가 저택의 침대에서 잠을 잔다는 소리를 들었나 보지? 그게 어때서? 혹시 침대 사용을 금하는 규칙이라도 있었다고 생각하시오? 침대란 단지 잠을 자기 위한 장소일 뿐이오. 말하자면 마구간에 있는 짚단도 침대인 거요. 규칙은 시트를 사용하지 말자는 거였소. 시트는 인간의 발명품이니까. 우리는 저택에 있는 침대의 시트는 벗겨버리고 담요를 깔고 잠을 자지. 침대가 편안하기는 하지만, 필요 이상으로 편안해서 당장 시급한 업무를 숙고하는 데 방해가 될 정도는 아니오. 동지들이 우리의 숙면을 빼앗고 싶은 것은 아니겠지? 우리가 피곤에 지쳐서 업무 수행을 못 하게 되는 걸 바라지는 않겠지? 존스가 돌아오는 것을 원하는 자는 없을 테니까, 그렇지 않소?"

동물들은 이 질문에 바로 그렇지 않다는 대답을 해주고는 더 이상 돼지들이 저택 침대에서 자는 문제에 대해서 말하지 않았다. 그리고 며칠 후, 이제부터 돼지들은 다른 동물들보다 한 시간 늦게 일어날 것이라는 발표가 있었고, 역시아무도 불만을 제기하지 않았다.

가을이 되자 동물들은 피곤하지만 행복했다. 힘든 한 해를 보냈고 건초와 옥수수 일부를 팔았기 때문에 식량이 아주 넉넉하지는 않았지만, 풍차를 생각하면 이 모든 어려움이 보상되는 것 같았다. 풍차는 이제 반 정도 완성되어 가고있었다. 추수가 끝나고 맑은 날이 한동안 계속되었다. 동물들은 그 어느 때보다도 열심히 피땀을 흘리며 일했다. 하루종일 돌덩이를 끌고 밀며 힘겹게 움직이면서도 그렇게 해서 풍차의 벽이 일 피트라도 올라간다면 그것으로 족하다고 생각했다. 복서는 밤에도 혼자 나와 보름달 아래 한두 시간씩 일을 더 하곤 했다. 동물들은 시간이 나면 반쯤 완성된 풍차 주위를 돌면서 위풍도 당당하게 우뚝 서 있는 벽을 우러르며 자기들이 어떻게 이렇게 대단한 일을 이루어낼 수있었는지 대견해했다. 하지만 늙은 벤저민만은 풍차에 열광하기를 거부하면서, 언제나처럼 당나귀는 오래 산다는아리송한 말만 중얼거리곤 했다.

11월에 들어서면서 매서운 남서풍이 불기 시작했다. 비가 오는 날이 많아지자 시멘트를 반죽할 수 없어서 공사를 중단할 수밖에 없었다. 그러던 어느 날 밤 농장 건물이 뿌리째 흔들릴 정도로 심한 강풍이 몰아쳤다. 지붕의 타일도 여러 개 날아갔다. 갑자기 잠을 자던 암탉들이 동시에 화들짝 놀라며 잠에서 깨어 꽥꽥거렸다. 꿈결에 멀리서 울리는 총소리를 들었기 때문이다. 아침에 동물들이 축사 밖으로 나와 보니 깃대가 넘어져 있었고, 과수원 자락에 서 있던 느릅나무가 생무 뽑히듯 뿌리째 뽑혀 있었다. 간밤의 강풍이 휩쓸고 간 흔적들을 살펴보던 동물들의 입에서 어느 순간 절망에 찬 울음소리가 터져 나왔다. 끔찍한 광경이 벌어져 있었던 것이다. 풍차가 무너져 있었다.

동물들은 일제히 풍차가 서 있던 자리로 달려갔다. 좀처럼 걸음을 재촉하지 않는 나폴레옹이 제일 앞서서 달려갔다. 그렇다. 그들의 고된 노동의 결실이 바닥까지 완전히 무너져 있었다. 힘겹게 깨뜨리고 끌어다 쌓았던 돌들이 사방에 흩어져 있었다. 한동안 모두 할 말을 잃고 애통한 마음으로 흐트러진 돌들을 망연히 바라보았다. 나폴레옹은 침묵 속에 이리저리 옮겨 다니면서 때때로 땅에 코를 대고 냄새를 맡았다. 꼿꼿해진 꼬리를 날카롭게 좌우로 흔드는 폼이 생각에 집중하고 있음을 알 수 있었다. 그러다가 갑자기 판단이 선 듯 동작을 멈췄다.

"동지들, 누가 이런 일을 저지른 줄 아시오? 밤중에 나와서 우리의 풍차를 무너뜨린 원수가 누구인지 아시오? 스노볼이오!" 그러고는 갑자기 포효하는 음성으로 천둥처럼 울부짖었다. "스노볼이 이런 짓을 저지른 것이오! 우리에게 앙심을 품고 우리의 계획을 방해함으로써 수치스러운 추방에 대한 복수를 하려고 어둠을 틈타 이곳에 와서, 우리가 일 년 가까이 공을 들여 쌓아올린 풍차를 무너뜨린 것이오. 동지들, 이에 나는 이 자리에서 스노볼에게 사형 선고를 내리는 바이오. 그를 정의의 이름으로 처단하는 자에게 '이급 동물 영웅 훈장'과 사과 반 부셸, 즉 14킬로그램을 주겠소. 산 채로 잡아오면 한 부셸인 28킬로그램을 줄 것이오!"

스노볼이 그런 짓을 했다는 사실에 대해서 동물들은 말할 수 없이 큰 충격을 받았다. 분노의 함성이 일었으며, 동물들은 각기 스노볼이 혹시라도 농장에 다시 나타난다면 어떻게 잡을 것인지 방안을 모색하기 시작했다. 얼마 지나지 않아 둔덕 근처 풀밭에 남아 있는 돼지 발자국을 발견했다. 몇 야드 정도밖에 안 되는 거리였지만 울타리에 난 구멍 쪽으로 향해 있는 것 같았다. 나폴레옹은 신중하게 발자국 냄새를 맡아보더니 스노볼의 발자국이라고 했다. 그러면서 스노볼이 폭스우드 농장 쪽에서 온 것 같다고 했다.

"더 이상 지체할 수 없소, 동지들!" 나폴레옹은 발자국을 조사하고 나서 외쳤다. "우리에게는 완수해야 할 과업이 있소. 오늘 아침 당장 풍차 건설을 다시 시작할 것이고, 겨울에도 날씨와 관계없이 계속 공사를 진행할 것이오. 이 한심한 배신자에게 우리의 과업을 그렇게 쉽게 방해할 수 없다는 것을 알려주어야 하오. 동지들, 기억하시오. 우리의 계획에는 변함이 없으며 끝까지 수행해갈 것이오. 앞으로 나갑시다, 동지들! 풍차 만세! 동물농장 만세!"

7장

혹독한 겨울이었다. 강풍이 몰아치다가는 진눈깨비와 눈이 이어지고, 결국은 된서리가 덮인 채 2월을 맞아야 했다. 동물들은 풍차 재건을 위해 있는 힘껏 일했다. 외부 세상이 자기들을 지켜보고 있었으며, 풍차가 예정대로 완공되지 않으면 시샘 어린 눈초리로 지켜보던 인간들이 쾌재를 부를 것임을 잘 알고 있었다.

동물농장에 앙심을 품고 있는 사람들은 풍차를 무너뜨린 것이 스노볼이라는 것을 믿지 않는 척했다. 벽이 너무 얇았기 때문에 무너진 것이라고 했다. 동물들은 그렇지 않다는 것을 알고 있었지만, 그래도 이번에는 벽을 지난번처럼 45센티미터로 하지 않고 90센티미터 두께로 쌓기로 했다. 그래서 훨씬 더 많은 돌이 필요했다. 하지만 채석장에는 한동안 눈이 쌓여 있었기 때문에 아무것도 할 수 없었다. 서리가 내리고 맑은 날이 이어지자 작업을 조금 진전시킬 수 있었지만, 그역시 아주 가혹한 노동이 될 수밖에 없었다. 동물들은 풍차 건설에 대해서 이전처럼 희망적일 수 없었다. 그리고 늘 춥고 배가 고팠다. 오로지 복서와 클로버만이 열정을 잃지 않았다. 스퀼러가 봉사의 기쁨과 노동의 신성함에 대해서 근사한 연설을 했지만, 동물들은 오히려 복서의 힘과 어떤 상황에서도 흔들리지 않는 "내가 더 열심히 할게!"라는 신조에서 더 깊은 감동을 받았다.

1월이 되자 식량이 부족해지기 시작했다. 옥수수 배급이 눈에 띄게 줄어들었고, 그 대신 감자 배급을 좀 더 보충해주겠다고 했다. 그러나 저장해놓은 감자 더미를 충분히 두껍게 덮어두지 않아서 반 이상이 얼었다는 사실이 밝혀졌다. 감자가 물러지고 변색되어 먹을 수 있는 것이 별로 없었다. 동물들은 며칠씩 여물과 사탕무만 먹으며 지내야 했다. 굶주림이 코앞에서 자기들을 지켜보고 있는 것 같았다.

하지만 이런 상황을 외부 세계에는 절대로 알리지 말아야 했다. 풍차가 무너짐으로 해서 기세가 등등해진 인간들이 동물농장에 대해서 새로운 거짓말들을 자꾸 만들어냈기 때문이다. 동물들이 기근과 질병으로 모두 죽어간다는 말이 다시 한번 돌기 시작했으며, 동물들끼리 끊임없이 싸우고 동족을 잡아먹거나 갓 태어난 새끼들을 잡아먹는 일이

만연하고 있다고 했다. 나폴레옹은 식량에 대한 실제 상황이 알려지면 어떠한 결과가 벌어질지 잘 알고 있었기 때문에 윔퍼를 이용해서 외부 세계에 동물농장의 상황을 정반대로 알리기로 했다. 지금까지 동물들은 매주 방문하는 윔퍼와 거의 접촉을 하지 않았다. 하지만 이제부터는 몇몇 동물들을 지정해서 식량 배급이 늘었다는 말을 윔퍼가 들을 수 있도록 슬쩍 흘리게 했는데, 이 역할은 대부분 양들이 맡았다. 그뿐 아니라 저장 창고에 있는 빈 양동이에 모래를 거의 윗부분까지 채우고 그 위를 남은 곡식이나 양식으로 덮도록 했다. 그런 다음 자연스러운 상황에서 윔퍼를 저장 창고로 데려가 양동이들을 보게 했다. 윔퍼는 감쪽같이 속았고 외부 세계에도 동물농장은 식량이 전혀 부족하지 않더라고 전했다.

그래도 1월 말이 되자 어딘가에서 곡물을 좀 더 조달하지 않으면 안 되는 상황이 되었다. 이즈음에 나폴레옹은 공식 석상에 거의 모습을 보이지 않고 농가 저택에서만 지냈다. 저택은 문마다 사나운 개들이 지키고 있었다. 나폴레옹이 저택 밖으로 나올 때는 격식을 차리곤 했는데 여섯 마리의 개들이 그의 주변을 에워싸고, 누구든 가까이 다가오려고 하면 으르렁거렸다. 일요일 아침 의식에도 참석하지 않는 경우가 종종 있었으며, 그럴 때는 돼지들 중 하나, 거의 스퀼러가 그의 지시사항을 대신 전달하곤 했다.

어느 일요일 아침이었다. 스퀼러는 이제 막 알을 낳으러 들어온 암탉들에게 알을 내놓아야 한다고 선포했다. 나폴레옹이 최근에 윔퍼를 통하여 일주일에 달걀 사백 개를 공급하는 계약을 맺었다는 것이었다. 그 수익으로 여름이 되어 상황이 나아질 때까지 농장을 운영할 수 있는 곡식과 식량을 충당할 것이라고 했다.

이 말을 들은 암탉들은 경악을 하며 소리를 질렀다. 그 전에도 이런 식의 희생이 필요할지도 모른다는 경고를 듣기는 했지만 정말로 그런 상황이 벌어지리라고는 생각지 않았기 때문이었다. 봄에 부화시킬 알을 품기 위해 준비 중이던 암탉들은 지금 알을 빼앗아가는 것은 살생이나 마찬가지라며 항의를 했다. 존스를 축출하고 난 후 처음으로 반란 비슷한 상황이 벌어진 것이다. 세 마리의 젊고 검은 미노르카*를 주축으로 해서 암탉들은 나폴레옹의 요구를 철회하라는 결연한 의지를 표시했다. 그들이 택한 방법은 서까래 위로 날아오른 다음, 허공에 알을 낳는 것이었다. 달걀은 곧바로 바닥으로 떨어져 무참히 깨져버렸다. 나폴레옹의 대응은 신속하고 무자비했다. 그는 암탉들을 위한 식량 배급을 중지시키라는 명령을 내리고 누구든 암탉들에게 옥수수

---

* 스페인이 원산지인 닭품종으로서 영국에서 교잡으로 개량된 품종이다. 몸이 크고 보통 검은색이다.

한 톨이라도 주는 자는 사형에 처할 것이라고 공포했다. 그 명령을 시행하는 일은 개들이 맡았다. 암탉들은 닷새를 버티다가 항복하고 자기들의 둥지 상자로 돌아갔다. 그러는 과정에서 아홉 마리의 암탉이 죽었다. 그들의 시신은 과수원에 묻혔고, 콕시디아증*으로 인해 사망한 걸로 말이 돌았다. 윔퍼는 이런 일에 대해서는 전혀 듣지 못했으며 달걀은 계획대로 준비되었다. 식료품점 차가 일주일에 한 번씩 농장으로 와서 달걀을 싣고 갔다.

그러는 동안 스노볼은 전혀 모습을 나타내지 않았다. 소문에 의하면 이웃 농장인 폭스우드나 핀치필드, 둘 중 한 곳에 숨어 있다고 했다. 이즈음에는 나폴레옹과 다른 농장주들과의 관계가 전보다 조금 좋아져 있었다. 농장 뜰에는 십년 전에 너도밤나무 숲을 개간할 때 자른 나무들을 쌓아놓은 목재 더미가 있었다. 아주 잘 마른 나무들을 본 윔퍼는 나폴레옹에게 그것들을 팔라고 귀띔해주었다. 필킹턴과 프레드릭 모두 그 나무를 사고 싶어 안달을 한다는 것이었다. 나폴레옹은 둘 중 누구와 거래를 해야 할지 판단이 서지 않아 망설였다. 나폴레옹이 프레드릭과 거래를 하려는 듯한 분위기가 조성되면 스노볼은 폭스우드에 숨어 있는 것으로 말이 돌고, 나폴레옹이 필킹턴과 거래를 하게 될 성 싶으면

* 포자충에 의한 전염병이다.

스노볼은 핀치필드에 숨어 있는 것으로 말이 돌았다.

초봄에 들어서 깜짝 놀랄 만한 일이 벌어졌다. 스노볼이 밤을 틈 타 몰래 농장에 드나들기 시작한 것이다! 동물들은 너무 충격적이어서 밤잠을 제대로 이루지 못할 정도였다. 매일 밤 스노볼이 어둠 속에 농장으로 숨어들어 온갖 악행을 저지른다는 소문이 돌았다. 옥수수를 훔치고, 우유 통을 쓰러뜨리고, 달걀을 깨뜨렸다. 모판을 짓밟고 과일나무 껍질을 갉아먹기도 했다. 그러다 보니 뭐든 잘못되기만 하면 으레 스노볼을 탓하기 시작했다. 창문이 깨지거나 하수구가 막혀도 동물들 중 누군가는 반드시 스노볼이 밤에 와서 그랬을 거라는 말을 했다. 저장 창고의 열쇠가 없어졌을 때도 농장 전체가 스노볼이 우물에 던져버렸을 거라고 확신을 했다. 이상한 것은 곡식 자루 밑에 놓여 있던 열쇠를 찾은 후에도 계속 그렇게 믿는다는 사실이었다. 암소들도 이구동성으로 스노볼이 밤에 축사로 숨어들어서 자기들이 자는 동안에 젖을 짜갔다고 했다. 그 해 겨울 내내 골칫거리였던 쥐들까지 스노볼과 작당을 했다는 소문이 돌았다.

나폴레옹은 스노볼의 행위에 대한 정식 조사가 이루어져야 한다고 공표했다. 그리고 개를 동반하여 농장 건물들을 샅샅이 조사하기 시작했고, 다른 동물들은 방해되지 않을 만큼의 거리를 두고 뒤를 따랐다. 나폴레옹은 몇 발자국 떼다가는 멈춰 서서 땅에 코를 대고 스노볼의 발자취가 남아 있는지 냄새를 맡았는데, 그는 냄새만 맡아도 알 수 있다고 했다. 나폴레옹은 농장 구석구석을 다니며 냄새를 맡았다. 헛간, 암소들의 축사, 닭장, 채소밭. 가는 곳마다 거의 빠짐없이 스노볼의 자취를 찾아냈다. 나폴레옹은 코를 땅에 대고 여러 번 깊이 냄새를 맡은 다음 으스스한 음성으로 "스노볼! 여기도 왔었군! 그자의 냄새가 분명해!"라고 했다. 나폴레옹의 입에서 "스노볼"이라는 단어가 나올 때마다 개들은 덧니를 드러내며 소름 끼치게 으르렁거렸다.

동물들은 완전히 겁에 질려 있었다. 마치 스노볼이라는 존재가 공기에도 스며들어 온갖 위험을 끼치는, 눈에 보이지 않는 해악처럼 여겨졌다. 저녁에 스퀼러가 모두를 모아 놓고 놀란 표정으로 몇 가지 심각한 소식을 전했다.

"동지들!" 스퀼러는 약간 불안한 몸짓으로 껑충거리면서 말을 이었다.

"최악의 사건이 발생했소. 스노볼이 핀치필드 농장의 프레드릭에게 자신을 팔아버렸소. 지금 프레드릭은 우리를 공격해서 농장을 빼앗을 계획을 세우고 있는데 말이오! 공격이 시작되면 스노볼이 길잡이 역할을 할 것 같소. 그런데 더 기가 막힐 소식이 있소. 우리는 지금까지 스노볼이 자만심과 야망 때문에 반란을 일으켰다고 알고 있었는데 사실은 그게 아니었던 거요, 동지들. 진짜 이유가 무엇인지 아시오? 스노볼은 처음부터 존스와 작당을 했던 것이오! 그자가 존스의 비밀 공작원이었던 거지. 그가 남기고 간 서류들이 그 사실을 입증하고 있소. 우리도 이제 막 그 서류들을 보고 알게 된 것이오. 생각해보니 모든 것이 너무나 잘 들어맞는 것 같아. 외양간 전투에서도 스노볼이 우리를 패하게 하여 무너뜨리려던 것을 우리가 직접 목격하지 않았소? 다행히 성공하지는 못했지만 말이오."

동물들은 망연자실했다. 이건 풍차를 무너뜨린 것보다 훨씬 더 끔찍하고 사악한 일이었다. 그러나 동물들이 이러한 이야기를 완전히 받아들이기까지는 조금 시간이 걸렸다. 왜냐하면 그들 모두 외양간 전투 때에 스노볼이 어떻게 싸웠는가를 기억하고 있었기 때문이었다. 아니 기억하고 있다고 생각했기 때문이었다. 스노볼은 전투가 시작되자 맨 앞에서 돌진했으며, 매 순간 그들의 사기를 북돋우고 격려했다. 그리고 존스의 총알이 등에 상처를 내는 순간에도 단 일 초도 주저하지 않았다. 처음에는 이러한 스노볼의 모습과 그가 존스의 편이라는 사실을 연결시킬 수 없었다. 의문을 제기하는 적이 거의 없는 복서도 이해할 수 없다는 표정이었다. 복서는 앞발을 깔고 엎드린 채 눈을 감고 생각을 정리하고자 애를 썼다.

"나는 믿을 수 없어." 복서가 말했다. "스노볼은 외양간 전투에서 용감하게 싸웠어. 내가 직접 봤는걸. 전투가 끝나고 그에게 '1급 동물 영웅 훈장'을 주지 않았어?"

"그게 바로 우리의 실수였다는 거요, 동지. 우리가 찾아낸 비밀문서에 쓰인 바에 의하면, 사실은 그자가 우리를 무덤으로 끌어들이기 위해 그랬던 거란 말이오."

"하지만 그는 부상을 당했어." 복서가 말했다. "그가 피를 흘리는 것을 우리 모두 보았잖아."

"그것도 다 계략이었다니까!" 스퀼러가 언성을 높였다.

"존스는 스노볼에게 가죽만 스칠 정도의 상처를 입힌 거요. 동지들이 글을 읽을 수 있다면 스노볼이 적어놓은 것을 읽어보게 할 텐데 말이야. 스노볼의 계획은 결정적인 순간에 후퇴 명령을 내려 우리 모두가 달아나게 함으로써 들판을 적들의 손에 넘겨주는 거였소. 그리고 그의 계획은 성공에 아주 가까이 갔었지. 아니 어쩌면 성공할 뻔했다고 말할 수도 있을 거요. 우리의 영웅적인 지도자 나폴레옹 동지가 아니었다면 말이지. 존스 일당이 뜰 안에 들어서자마자 스노볼이 갑자기 돌아서서 달아나기 시작했고, 많은 동물들이 그의 뒤를 따랐던 것을 기억하지 않소? 그리고 모두가 당황하여 어쩔 줄 몰라 하고 있을 때 나폴레옹 동지가 앞에 나서서 '인간을 죽이자!'라고 외치며 존스의 다리를 물고 흔들었던 것을 기억하지 않소?"

스퀼러가 싸움 장면을 이렇게 생생하게 묘사하니까 동물들도 그런 장면을 기억하고 있는 듯한 느낌이 들었다. 어쨌든 싸움에서 결정적인 순간에 스노볼이 돌아서서 달아나던 것을 기억하고 있는 것은 사실이기도 했다. 하지만 복서는 여전히 뭔가 석연치 않았다.

"스노볼이 처음부터 배신자였다고는 생각하지 않아." 마침내 복서가 자기 생각을 밝혔다. "그후에 한 짓들은 다르지만, 외양간 전투에서만큼은 좋은 동지였어."

그러자 스퀼러가 천천히 또박또박, 단호한 어조로 말했다. "우리의 지도자 나폴레옹 동지는 스노볼은 처음부터 존스의 공작원이었다고 단호하게 말씀하셨소. 동지, 들었소? 단호하게 말씀하셨단 말이오. 그렇소, 반란이라는 것이 태동하기 훨씬 전부터 그랬다는 말씀이오."

"아, 그렇다면 얘기가 다르지!" 복서가 말했다. "나폴레옹 동지가 그렇게 말했다면, 그것이 진실일 거야."

"그게 올바른 정신 상태요, 동지!" 스퀼러는 격앙된 어조로 이렇게 말했지만, 깜박이는 그의 작은 눈에서는 복서를 향하여 험한 빛을 쏘아내고 있었다. 스퀼러는 돌아서서 가려고 하다가 잠시 멈춰 서서 의미심장하게 한마디 덧붙였다. "우리 농장 동물들에게 두 눈을 크게 뜨고 살피라는 경고를 하는 중이오. 스노볼의 비밀 공작원이 우리 중에 숨어 있다고 여길 만한 근거를 잡았거든!"

그로부터 나흘 뒤 오후였다. 나폴레옹은 모든 동물들에게 뜰로 모이라는 지시를 내렸다. 동물들이 모두 모인 뒤 나폴레옹이 저택에서 나왔다. 최근에 스스로에게 수여한 '일급 동물 영웅 훈장'과 '이급 동물 영웅 훈장'을 달고서. 아홉 마리의 거대한 개들이 그의 주위를 돌면서 으르렁거리는 소리에 동물들은 등줄기가 오싹해졌다. 동물들은 겁에 질려 간신히 자기 자리를 찾아갔다. 분위기로 보아 곧 뭔가 끔찍한 일이 일어날 것 같았다.

나폴레옹은 엄중한 눈빛으로 청중을 살피며 서 있었다. 그러다가 고음의 울음소리를 내자 개들이 앞으로 달려가더니 네 마리 돼지의 귀를 물고 끌기 시작했다. 그러고는 고통과 두려움에 울부짖는 돼지들을 나폴레옹의 발아래 끌어다 놓았다. 돼지들의 귀에서는 피가 흘렀다. 피 맛을 본 개들은 잠시 이성을 잃고 흥분하는 듯했다. 그러더니 어처구니없게도 그중 세 마리가 복서에게 달려드는 것이었다. 개들이 달려드는 것을 보고 있던 복서는 앞발을 뻗어서 허공에 뜬 개들 중 한 마리를 맞받아쳐서 땅바닥에 떨어뜨려 제압했다. 개는 살려달라고 비명을 질렀고 다른 두 마리는 꼬리를 늘어뜨린 채 기가 죽어 달아났다. 복서는 개를 밟아 죽여야 할지 놓아주어야 할지를 묻는 듯이 나폴레옹을 쳐다보았다. 나폴레옹은 표정을 바로잡더니 복서에게 개를 놓아주라는 명령을 내렸고, 복서가 앞발을 들자 개는 상처를 입은 채 신음 소리를 내며 사라졌다.

소란은 일시적으로 잠잠해졌다. 네 마리의 돼지들은 죄책감이 가득한 표정으로 떨며 기다리고 있었다. 나폴레옹이 드디어 그들의 죄를 자백하라고 명했다. 나폴레옹이 일요 회합을 철회하겠다고 했을 때 항의를 했던 돼지들이었다. 더 이상의 재촉을 받기 전에 돼지들은 자기 죄상을 고백하기 시작했다. 그들은 스노볼이 추방되기 전부터 그와 비밀리에 접촉을 하고 있었다고 했다. 그리고 스노볼이 풍차를 무너뜨릴 때 그를 도왔으며, 동물농장을 프레드릭의 손에 넘겨주기로 그와 계약을 맺었다고 했다. 또한 스노볼이 그들 앞에서 자신이 지난 몇 년 간 존스의 비밀 공작원이었음을 인정했다고 했다. 돼지들이 자백을 마치고 나자 개들이 바로 달려들어 목을 물어뜯었다. 나폴레옹은 무시무시한 목소리로 또 다른 죄를 자백할 동물이 있다면 나서라고 명했다.

이번에는 달걀과 관련하여 항거를 시도할 때 주도를 했던 세 마리의 암탉이 앞으로 나왔다. 그러고는 스노볼이 꿈에 나타나 나폴레옹의 명령에 불복하도록 부추겼다고 했다. 그들도 역시 처형되었다. 그다음에는 거위가 나와서 지난해 추수 때 옥수수 여섯 자루를 몰래 감추어두었다가 밤에 먹었다고 자백했다. 다음에는 양이 식수장에 소변을 보았다고 자백하면서 이것도 스노볼이 시켰다고 했다. 다른 두 마리의 양은 늙은 숫양을 죽였다고 자백했다. 나폴레옹을 충실하게 따르는 숫양이었는데, 기침 증세로 힘들어할 때 모닥불 주변을 돌면서 끝까지 추적하여 죽게 만들었다고 했다. 모두 그 자리에서 죽음을 맞았다. 자백과 처형이 이어지다 보니 나폴레옹의 발치에는 동물들의 시체가 산더미처럼 쌓였고 공기에서는 피비린내가 났다. 이런 일은 존스를 타도한 이래 처음 있는 일이었다.

처형이 끝나자 돼지들과 개들을 제외한 모든 동물들은 하나로 무리지어 자리를 떴다. 모두 충격과 비통함에 젖어 있었다. 스노볼과 작당을 한 동물들의 배신이 더 충격적이었는지, 자기들이 방금 목격한 잔혹한 응징이 더 충격적이었는지 알 수 없었다. 예전에 보았던 피비린내 나는 장면들도 똑같이 끔찍하긴 했지만, 이번에는 동족 간에 일어난 일이어서 훨씬 더 충격적인 것 같았다. 존스가 농장을 떠나고 오늘까지 어떤 동물도 다른 동물을 죽인 적이 없었다. 쥐조차도 죽임을 당하지 않았다. 동물들은 반쯤 지어진 풍차가 서 있는 둔덕으로 갔다. 그러고는 서로의 온기를 나누려는 듯 모여 웅크리고 앉았다. 클로버, 뮤리엘, 벤저민, 암소, 양 그리고 한 무리의 거위와 암탉까지 모두, 아니 고양이만 빼고 모두 함께였다. 고양이는 나폴레옹이 소집 명령을 내리기 직전에 갑자기 사라졌다. 모두 한동안 아무도 말이 없었다. 복서만 혼자 서 있었다. 길고 검은 갈기를 펄럭이면서 이따금씩 충격에 겨운 울음소리를 내며 한동안 서성이다가 입을 열었다.

"이해할 수가 없어. 우리 농장에서 이런 일이 일어날 수 있다는 사실을 믿을 수가 없어. 우리가 뭔가 잘못한 게 있어서 그런 걸 거야. 내가 생각할 수 있는 해결 방법은 좀 더 열심히 일하는 것밖에 없네. 이제부터는 아침에 한 시간 더 일찍 일어나야겠어."

복서는 이렇게 말하고 뚜벅뚜벅 걸어서 채석장으로 갔다. 채석장에 도착한 복서는 연이어 두 차례나 돌을 실어서 풍차까지 끌어다 놓고 잠자리로 돌아갔다.

동물들은 말없이 클로버 주위에 옹송그리고 모여 있었다. 그들이 누워 있는 둔덕에서는 교외의 전경이 한눈에 들어왔다. 동물농장의 거의 모든 부분을 볼 수 있었다. 대로변까지 이어지는 긴 목초지, 건초지, 작은 숲, 식수장. 쟁기로 갈아놓은 들판에서는 어린 밀이 싱싱하고 푸르게 자라고, 농장 건물의 굴뚝에서는 연기가 동글동글 피어오르고 있었다. 청명한 봄날의 저녁이었다. 잔디와 봉우리가 막 터지려는 생울타리는 저녁 햇살을 받아 금빛으로 반짝이고 있었다. 동물들의 눈에 농장이 이렇게 살고 싶은 곳으로 비춰진 적은 없었던 것 같았다. 농장 구석구석이 이미 자신들의 소유라는 사실이 생경스럽게 느껴졌다.

언덕 아래를 내려다보는 클로버의 눈에 눈물이 가득 고였다. 자신의 생각을 말할 수 있었다면, 수 년 전 인간을 타도하기로 결정했을 때 자기들이 원했던 것은 이런 게 아니었다고 했을 것이다. 메이저 영감이 처음 그들에게 반란을 부추

겼을 때 그들이 기대했던 미래는 오늘과 같은 공포와 살생의 현장이 아니었다. 클로버가 꿈꾸는 미래가 있었다면, 그것은 배고픔과 채찍에서 해방된 동물의 나라, 모든 동물이 평등하며 각자 자기 능력에 맞추어 일을 하는 곳이었다. 메이저 영감의 연설이 있던 날 밤 자신이 앞발로 보호벽을 만들어 아기 오리들을 보호했던 것처럼 강한 자가 약한 자를 보호하는 곳이었다. 그런데 그런 미래를 맞기보다는, 클로버 자신도 어쩌다 이렇게 되었는지는 알 수 없었지만, 누구도 감히 솔직한 생각을 말할 수 없는 시절이 와버렸다. 도처에서 무시무시한 개들의 으르렁거림이 들려오고, 동지들이 충격적인 죄를 자백한 뒤 갈가리 찢겨지는 것을 지켜보아야 하는 시절을 살게 되었다. 하지만 클로버가 반란이나 불복종을 생각하는 것은 아니었다. 상황이 이렇게 되었다 해도 존스의 시절보다는 훨씬 좋아졌고, 어떤 일이 있어도 인간이 다시 오는 것은 막아야 했다. 그러므로 어떤 일이 있어도 클로버는 충성을 다할 것이며 주어진 명령을 따를 것이고, 나폴레옹의 지도에 순응할 것이다. 하지만 클로버와 다른 동물들이 바라고 노력해온 것은 이런 결과를 위해서가 아니었다. 이런 결과를 위해서 풍차를 건설하고 존스의 총에 맞섰던 것은 아니었다. 비록 말로 표현할 수는 없었지만, 클로버의 머릿속에는 이러한 생각들이 가득 차 있었다.

말로 설명할 수 없는 느낌을 대신하기라도 하려는 듯, 클로버는 〈영국의 동물들이여〉를 부르기 시작했다. 모여 앉은 동물들이 하나둘 합세하기 시작했고, 세 번이나 연거푸 불렀다. 음정은 정확했으나 지금까지 중 그 어느 때보다도 느리고 슬픈 곡조였다.

세 번째 노래 부르기를 마쳤을 때 스퀼러가 두 마리의 개를 거느리고 다가왔다. 뭔가 중대한 말을 하려는 분위기가 느껴졌다. 그러고는 나폴레옹 동지의 특별 명령에 의해서 〈영국의 동물들이여〉를 금지시킨다고 공표했다. 이제부터 이 노래를 부르는 것은 안 된다는 것이다.

동물들은 깜짝 놀랐다.

"무엇 때문에?" 뮤리엘이 물었다.

"더 이상 부를 필요가 없어서요, 동지." 스퀼러가 단호한 어조로 말을 이었다. "〈영국의 동물들이여〉는 반란을 위한 노래였소. 그런데 이제 반란은 완성되었소. 배신자들을 처형하는 것이 그 마지막 단계였소. 이제 외부와 내부의 적들이 모두 소탕된 것이오. 〈영국의 동물들이여〉에는 앞으로 맞이하게 될 더 나은 사회에 대한 열망이 담겨 있었는데, 이제 그러한 사회가 건설되었으므로 더 이상 노래를 부를 이유가 없어진 것이오."

겁에 질려 있는 상태기는 했지만, 그래도 몇몇 동물들은 반대의사를 표명하고 싶었다. 하지만 늘 그렇듯이 양들이 구호를 외치기 시작했다. "네 다리는 좋고, 두 다리는 나쁘다!" 구호가 수 분 동안 이어지는 바람에 더 이상의 논쟁이 이어질 수 없었다.

그렇게 해서 〈영국의 동물들이여〉는 더 이상 들을 수 없게 되었다. 그 대신 시인인 미니무스가 다른 노래를 작곡했는데, 그 시작 부분을 보면 이렇다.

동물농장, 동물농장,
나를 따르는 자는 결코 해를 입지 않으리!

매주 일요일 아침에 깃발을 게양하고 나면 이 노래를 불렀다. 하지만 가사도 곡조도 〈영국의 동물들이여〉만큼 동물들에게 친숙하게 다가오지 않았다.

8장

며칠이 지나 처형으로 인한 공포와 충격이 가라앉고 나자 몇몇 동물들은 자기들이 기억하는, 아니 기억하고 있다고 믿는 칠계명 중 여섯 번째 계명에 대하여 생각해보았다.

"어떤 동물도 다른 동물을 죽여서는 안 된다."

감히 아무도 돼지나 개가 들을 수 있는 곳에서 이런 말을 하지는 않았지만, 며칠 전에 있었던 살생은 이 계명에 어긋난다는 생각이 들었다. 클로버는 벤저민에게 여섯 번째 계명을 읽어달라고 했지만, 늘 그렇듯이 그런 일에 끼어들고 싶지 않다고 하면서 거절했기 때문에 뮤리엘을 불러와서 읽어달라고 했다. 여섯 번째 계명에는 "어떤 동물도 이유 없이 다른 동물을 죽여서는 안 된다"라고 쓰여 있었다. 동물들은 왠지 그중 '이유 없이'라는 단어는 기억나지 않는다는 느낌이 들었다. 하지만 아무튼 여섯 번째 계명에 위배되는 일은 아니었음을 알게 되었다. 스노볼과 작당을 한 자들을 처형하는 일은 합당한 이유가 있는 일이었으니까.

그 한 해 동안 동물들은 지난해보다도 더 많은 노동을 해야 했다. 풍차를 재건해야 했으며, 그것도 벽의 두께를 이전보다 두 배 이상 두껍게 쌓아야 했고, 정해진 날짜까지 완공해야 했다. 그와 동시에 농장에서 필요한 일상적인 일들도 함께 해야 했으므로 노동의 양이 실로 어마어마했다. 때때로 동물들은 존스가 운영하던 시절보다 더 많은 시간 일을 하면서 식량은 더 나아진 것이 없다는 생각이 들기도 했다. 일요일 아침이면 스퀼러가 긴 종이를 들고 나타나서 큰소리로 읽어주곤 했는데, 거기에는 각종 식량 생산량이 이백 퍼센트, 삼백 퍼센트, 경우에 따라서는 오백 퍼센트씩 증가되었음을 입증하는 숫자들이 적혀 있었다. 동물들은 이러한 결과들을 의심할 만한 근거가 없었고, 더구나 지금은 반란 이전의 삶이 어땠는지 명확히 기억할 수조차 없기도 하지만, 그럼에도 불구하고 예전에는 숫자는 적었어도 식량은 더 풍부했던 것 같은 느낌이 드는 날도 있었다.

이제 모든 지시사항은 스퀼러나 다른 돼지를 통해서 전달되었으며, 나폴레옹은 이 주에 한 번 정도밖에 동물들 앞에 모습을 나타내지 않았다. 그리고 동물들 앞에 나설 때에는 개들뿐 아니라 검은색 어린 수탉도 함께 수행을 했다. 그러다가 나폴레옹이 연설을 시작하려고 하면 어린 수탉은 마치 나팔수처럼 커다란 소리로 "꼬끼요오!" 하고 긴 울음을 울었다. 들리는 말에 의하면 농가 저택에서도 나폴레옹은 다른 돼지들과 떨어져 독방에 거주한다고 했다. 식사를 할 때도 두 마리의 개가 지키고 있는 가운데 혼자 먹었으며, 거실에 있는 그릇장에 보관되어 있던 영국 더비산 자기 식기 세트를 이용한다고 했다. 그리고 이제부터는 다른 두 기념일에 더하여 매년 나폴레옹의 생일에도 축포를 쏜다는 발표가 있었다.

나폴레옹을 지칭할 때도 항상 "나폴레옹"이라는 간단한 칭호 대신에 "우리의 지도자 나폴레옹 동지"라는 공식 명칭을 사용해야 했다. 돼지들은 나폴레옹을 위해 '모든 동물의 아버지' '인간에게 두려움의 대상' '양 떼들의 보호자' '새끼 오리들의 친구'와 같은 별칭들을 만들어내곤 했다. 스퀼러는 연설 중에 종종 눈물을 흘리면서 나폴레옹의 지혜와 선한 마음 그리고 모든 동물들, 특히 다른 농장에서 무지와 노예생활에 허덕이는 동물들을 향한 깊은 사랑을 이야기하곤 했다. 과업을 성취할 때마다 그 덕을 나폴레옹에게 돌리는 것이 당연해졌다. 그러다 보니 암탉이 "우리의 지도자 나폴레옹 동지의 지도 덕분에 지난 육 일 동안 달걀을 다섯 개나 낳았어"라는 말을 하거나, 두 마리의 암소가 식수통에서 물을 마시면서 "나폴레옹 동지의 지도력 덕분에 물맛이 아주 기가 막히고나!" 하며 감탄하는 말들을 종종 들을 수 있게 되었다. 미니무스가 지은 〈나폴레옹 동지〉라는 시에 농장의 전체적인 분위기가 아주 잘 표현되어 있는데, 그 시를 살펴보면 다음과 같다.

아비 없는 자들의 친구여!
행복의 샘이여!
여물통의 왕이시여! 그대의 고요하고 위엄 가득한
눈을 바라보노라면
나의 영혼은 하늘의 태양처럼
불타오르네,
나폴레옹 동지여!

그대의 동물들이 원하는 모든 것을
주는 분이시여,
하루에 두 번씩 배불리 먹여주시고, 마른 짚 깔아 잠들게
하시네.
크고 작은 동물들이
그분의 마구간에서 평안히 잠드나니
그대가 지켜주시는 덕분이로다.
나폴레옹 동지여!

내가 젖먹이 새끼 돼지를 낳는다면

대병이나 밀방망이만큼도

자라기 전에

그대에게 충실하고 진실되도록

가르쳐야 하리,

그리하여 그의 첫 울음에 외치도록.

"나폴레옹 동지여!"라고.

나폴레옹은 이 시를 승인하고 큰 헛간 칠계명이 쓰인 벽 맞은 편 벽에 써 넣도록 했다. 스퀼러가 흰 페인트로 시를 써놓았고, 그 위에는 나폴레옹의 옆모습을 그린 초상화가 걸렸다.

그러는 동안 나폴레옹은 중개인 윔퍼를 통해 프레드릭, 필킹턴과 복잡한 협상을 벌이고 있었다. 목재 더미는 아직 팔리지 않았다. 두 농장주 중 목재를 손에 넣고 싶어서 더욱 안달이 난 사람은 프레드릭이었지만, 합당한 가격을 제시 하려 하지 않았다. 한편 그에 대한 소문이 동시에 돌고 있었 는데, 그가 일꾼들과 함께 동물농장에 쳐들어가 풍차를 무 너뜨릴 계획을 세우고 있다는 것이었다. 풍차를 보고 질투 심이 이글거려서라고 했다. 스노볼도 여전히 핀치필드 농 장에 숨어 있는 것으로 알려져 있었다.

한여름쯤에 동물들은 스노볼의 사주를 받은 암탉들이 나

폴레옹을 살해할 계획을 세웠음을 자백했다는 충격적인 소식을 전해 들었다. 지목된 암탉들은 즉시 처형되었으며, 나폴레옹의 신변 안전을 위한 새로운 방편이 채택되었다. 밤에는 네 마리의 개가 나폴레옹의 침대 각 모서리마다 지키기로 했으며, '핑크아이'라는 이름의 젊은 돼지는 나폴레옹이 먹는 모든 음식을 먼저 먹어보고 독이 들어 있는지 가려내는 직무를 맡게 되었다.

거의 같은 시기에 나폴레옹은 목재를 필킹턴에게 팔기로 했을 뿐 아니라, 향후 정기적으로 동물농장과 폭스우드가 일정 생산품을 교환하는 약정을 맺었다는 소문이 돌았다. 나폴레옹과 필킹턴의 관계는, 비록 윔퍼를 통해 이루어지는 관계이기는 했지만 이제 거의 우호적인 쪽으로 기울고 있었다. 동물들은 필킹턴이 인간이라는 점에서 신뢰하지 않았지만, 그래도 두려우면서 증오스럽기까지 한 프레드릭과 비교하면 훨씬 낫다고 생각했다.

여름이 깊어지고 풍차가 거의 완성 단계에 접어들었을 즈음 반역적인 침략의 시기가 임박했다는 소문이 점점 커져갔다. 소문에 의하면 프레드릭이 총으로 무장을 한 스무 명의 인간들을 데리고 올 계획이며, 치안 판사와 경찰에게도 뇌물을 주었기 때문에 동물농장의 권리증서만 손에 넣으면 더 이상 아무것도 심의하지 않기로 되어 있다는 것이다. 게다가 핀치필드에서는 프레드릭이 그의 농장 동물들에게 자행하는 잔혹함에 대한 끔찍한 소문들이 흘러나왔다. 늙은 말을 때려죽이고, 암소를 굶겨 죽이고, 개는 난로 속으로 던져 죽였다고 했다. 밤에는 수탉들의 박차에 면도칼 조각을 묶어서 싸움을 붙여놓고 이를 구경하면서 즐긴다고 했다. 동물들은 자기 동족에게 이런 일이 자행된다는 말을 들으며 분노로 피가 끓어올랐다. 때로는 한꺼번에 몰려가서 핀치필드 농장을 공격하고 인간을 몰아낸 다음 동물들을 해방시킬 수 있도록 허락해달라며 아우성을 치기도 했다. 그러나 스퀼러는 동물들에게 경솔한 행동을 삼가고 나폴레옹 동지의 작전을 믿으라며 동물들을 다독였다.

그렇지만 프레드릭에 대한 동물들의 강한 반감은 가라앉지 않았다. 어느 일요일 아침, 나폴레옹이 헛간에 나타나 자신은 한 번도 프레드릭에게 목재를 팔 생각을 해본 적이 없다고 설명했다. 그런 비열한 악당과 거래를 하는 것은 자기의 존엄성에 맞지 않는 일이라고 했다. 동물농장의 반란에 관한 소식을 전하는 비둘기들은 여전히 외부로 보내졌지만, 폭스우드 농장에는 발을 디디지 못하도록 제한하고 있었다. 그리고 이전에 사용했던 "인간에게 죽음을!"이라는 구호 대신에 "프레드릭에게 죽음을!"이라는 구호를 외치도록 했다.

늦여름이 되었을 때 또 한번 스노볼의 교묘한 책략이 드러났다. 밀 작물에 잡초가 무성했는데, 알고 보니 스노볼이 그의 야간 방문 중 어느 날 곡식 종자에 잡초 씨앗을 섞어놓았던 것이었다. 그 계략을 알고 있었던 숫거위가 스퀄러에게 자신의 죄를 실토하고 나서 바로 치명적인 가지과 베리를 삼켜 자살을 해버렸다. 그뿐 아니라 동물들은 지금까지 여러 동물들이 믿어왔던 사실과 다르게 스노볼이 '일급 동물 영웅 훈장'을 받은 적이 없다는 사실도 알게 되었다. 그러한 소문은 외양간 전투가 있은 후 한동안 스노볼 자신이 퍼뜨린 이야기였던 것이다. 훈장을 받기는커녕, 전투 중에 보인 비겁함 때문에 지탄을 받았다고 했다. 이번에도 일부 동물들은 당혹스러워했지만, 스퀄러가 곧 그들의 기억이 틀린 것으로 납득시킬 수 있었다.

가을이 되자, 추수까지 동시에 하느라고 혼신의 힘을 다한 어마어마한 노고 끝에 풍차가 완공되었다. 기계는 아직 설치되지 않았으나 골조는 완성된 것이다. 기계 구매에 관련해서는 윔퍼가 협상을 하는 중이었다. 수없이 많은 어려움이 위협하는 가운데, 경험도 없고 원시적인 기구들밖에 없었음에도 불구하고, 그리고 온갖 불운과 스노볼의 배신 행위에도 불구하고 작업은 정확하게 예정된 날짜에 맞추어 끝났다! 동물들은 스스로 대견해서 지친 몸을 이끌고 자기들이 쌓아 올린 웅장한 건축물의 둘레를 걷고 또 걸었다. 그들의 눈에는 처음에 지었던 것보다 훨씬 더 멋지고 아름답게 보였다. 더구나 벽이 이전 것보다 두 배나 두껍지 않은

가. 폭탄이 아니고서는 그 어떤 것도 다시는 풍차를 허물지 못하리라! 자기들이 얼마나 힘겨운 노동을 견뎌냈는지, 얼마나 많은 절망을 극복했는지, 그리고 풍차의 날개가 돌기 시작하고 발전기가 작동하기 시작하면 자신들의 생활이 얼마나 달라질 것인지, 이 모든 것들을 생각하니 피곤함이 자취도 없이 사라져 동물들은 승리의 환호를 올리면서 풍차 주변을 신나게 뛰어다녔다. 나폴레옹도 직접 개와 수탉을 거느리고 나와 완성된 풍차를 둘러보았다. 그리고 친히 동물들의 업적을 축하하면서 풍차는 '나폴레옹 풍차'라는 이름으로 불릴 것이라고 선포했다.

이틀 후 특별 회의가 열렸는데 헛간에 소집된 동물들은 기함을 할 만큼 황당한 소식을 들었다. 나폴레옹이 핀치필드의 프레드릭에게 목재를 팔았다고 발표한 것이다. 내일 프레드릭의 수레가 와서 목재를 실어가기 시작할 것이라고 했다. 나폴레옹은 폭스우드의 필킹턴과 우호적인 관계를 유지하는 척하면서 사실은 그동안 프레드릭과 비밀리에 협상을 맺고 있었던 것이다.

폭스우드 농장과의 모든 관계는 깨졌고, 모욕적인 메시지들이 필킹턴에게 보내졌다. 비둘기들은 이번에는 핀치필드 농장에 가지 말라는 지시를 받았고 "프레드릭에게 죽음을!"이라는 구호는 "필킹턴에게 죽음을!"로 바뀌었다. 나폴레옹은 프레드릭이 곧 동물농장으로 쳐들어올 것이라는 이야기는 전적으로 꾸며낸 이야기이며, 프레드릭이 자기 동물들을 잔혹하게 학대한다는 이야기도 상당 부분 과장되었다고 했다. 이 모든 소문들은 스노볼과 그의 일당이 꾸며 낸 이야기일 거라고 했다. 이제 보니 스노볼은 핀치필드 농장에 숨어 있었던 것이 아니며, 평생 그곳에 가본 적도 없다고 했다. 들리는 소문에 의하면 스노볼은 폭스우드에서 대단한 호사를 누리며 살고 있으며, 사실은 지난 수 년 간 필킹턴에게 후원을 받아 생활하고 있었다고 했다.

돼지들은 넋을 잃고 나폴레옹의 영리함을 찬양했다. 나폴레옹은 그동안 필킹턴과 우호적인 척하면서 프레드릭이 목재 값을 12파운드나 높여서 지불하도록 압력을 넣은 것이다. 하지만 스퀄러의 말에 의하면, 나폴레옹은 워낙 출중한 지략가여서 아무도 믿지 않으며, 프레드릭 역시 믿지 않았다고 했다. 프레드릭은 목재 값을 수표로 지불하겠다고 했는데, 수표란 다른 게 아니라 단지 약속한 금액을 지불하겠다고 적어놓은 종이쪽지에 불과하다는 것이다. 그래서 영리한 나폴레옹은 5파운드짜리 은행권으로 지불하되, 목재를 가져가기 전에 지불할 것을 요구했다고 한다. 그리하여 프레드릭은 목재 값을 이미 지불했으며, 그 돈이면 풍차에 설치할 기계를 구매하기에 충분하다고 했다.

그러는 동안 목재는 신속하게 운반되어 나갔다. 목재가 모두 실려 나간 뒤 헛간에서 또 한 차례의 특별 회의가 소집

되었는데, 이번에는 프레드릭이 보내온 은행권을 동물들에게 확인시키기 위한 것이었다. 두 개의 훈장을 모두 달고 나온 나폴레옹은 기쁨이 넘치는 듯한 미소를 지으며 단상 위에 마련된 짚단 위에 편안히 앉아 있었다. 그 옆에는 저택 주방에서 가져온 도자기 접시 위에 돈이 가지런히 쌓여 있었다. 동물들은 줄을 서서 천천히 그 옆을 지나면서 나폴레옹이 벌어들인 재물을 감상했다. 복서가 은행권에 코를 대고 냄새를 맡아보는 바람에 흰 종잇장들이 그의 콧김을 따라 들썩여졌다.

그로부터 삼 일 후 농장 안이 발칵 뒤집히는 사건이 발생했다. 얼굴이 창백하게 질린 윔퍼가 자전거를 타고 농장으로 올라와서는 뜰에 자전거를 팽개쳐둔 채 저택으로 뛰어들어갔다. 잠시 후 저택에서 나폴레옹의 분노에 찬 울부짖음이 들려왔다. 사건의 전말이 산불처럼 빠른 속도로 농장 안에 퍼졌다. 은행권이 가짜였다는 것이다! 프레드릭은 목재를 공짜로 가져간 것이다!

나폴레옹은 즉시 동물들을 소집하고 무시무시한 음성으로 프레드릭을 사형에 처할 것이라 선포했다. 그를 생포할 경우에는 산 채로 끓는 물에 넣어 죽일 것이라고 했다. 또한 동물들에게도 이번의 이 비열한 행위에 이어 최악의 상황이 닥칠 수도 있다는 점을 경고했다. 프레드릭과 그의 일당이 오랫동안 기다려왔던 침략을 언제든 개시해올 수 있다는 것이었다. 농장으로 들어오는 길목마다 보초병을 세웠다. 그리고 네 마리의 비둘기를 폭스우드로 보내 회유를 위한 메시지를 전달하도록 했다. 필킹턴과 다시 좋은 관계를 갖고 싶다는 내용이었다.

그리고 바로 다음 날 예상했던 공격이 시작되었다. 동물들이 아침 식사를 하고 있는데 보초병이 뛰어 들어와 프레드릭과 그의 일당이 이미 빗장 다섯 개짜리 문을 통과하고 있다고 알렸다. 동물들은 용감하게 적에 맞서기 위해 달려 나갔다. 그러나 이번에는 외양간 전투 때처럼 쉽게 승리를 얻어낼 수는 없었다. 열다섯 명의 남자들이 여섯 자루의 총을 가지고 있었는데, 동물들이 오십 야드 이내의 거리에 들어오자 사격을 시작했다. 동물들은 엄청난 위력을 가진 폭탄이나 총탄에 맞설 수 없었다. 동물들의 용기를 북돋우려는 나폴레옹과 복서의 활약에도 불구하고, 곧 퇴각을 하게 되었다. 이미 다수의 부상자도 생겼다.

동물들은 농장 건물 안에 숨어서 나무 틈과 옹이구멍을 통해 조심스레 밖의 동정을 살폈다. 풍차를 포함한 넓은 목초지 전체가 적의 손아귀에 들어 있었다. 나폴레옹도 잠시 어찌할 바를 모르겠는지 빳빳하게 뻗쳐진 꼬리를 흔들며 말없이 이리저리 서성거리고 있었다. 그러다가 골똘히 생각에 잠긴 채 폭스우드 농장 쪽으로 눈길을 돌렸다. 필킹턴과 그의 일꾼들이 도와준다면 아직 승산이 있었다.

때마침 하루 전날 내보냈던 비둘기들이 돌아왔는데 그중 한 마리가 지니고 있는 종잇조각에는 "꼴좋게 됐다"라는 메시지가 적혀 있었다.

그러는 동안 프레드릭과 그의 일꾼들은 풍차 앞에 당도해 있었다. 이를 지켜보는 동물들의 입에서는 절망적인 신음이 새어나왔다. 일당 중 두 명이 쇠지렛대와 큰 망치를 들고 있었다. 풍차를 부수려는 것 같았다.

"안 될걸!" 나폴레옹이 외쳤다. "그렇게 하기에는 벽이 너무 두꺼워. 일주일이 걸려도 안 될 거야. 힘을 내자고, 동지들!"

그러나 벤저민은 인간들의 움직임을 신중히 지켜보았다. 쇠지렛대와 망치를 든 두 명이 풍차 아래쪽에 구멍을 내고 있었다. 이를 주의 깊게 지켜보던 벤저민이 천천히 긴 주둥이를 끄덕였다. "그럴 줄 알았지." 벤저민이 말했다. "저들이 뭘 하는지 모르겠소? 풍차에 구멍을 뚫고 나면 바로 그 구멍에 화약가루를 채울 거라고."

동물들은 겁에 질린 채 숨을 죽이고 있었다. 지금 자기들의 은신처인 건물 밖으로 나갈 수는 없었다. 몇 분 후 인간들이 황급히 사방으로 흩어지고, 곧 고막을 찢을 듯이 엄청난 폭발음이 들렸다. 비둘기들이 놀라 허공으로 날아오르고, 나폴레옹을 제외한 모든 동물들은 바닥에 배를 깔고 납작 엎드려 얼굴을 감쌌다. 다시 일어나 보니 검은 연기가 구름처럼 풍차가 있던 곳을 에워싸고 있었다. 바람이 서서히 연기구름을 걷어내자 비로소 시야가 열렸는데 풍차는 그곳에 더 이상 존재하지 않았다!

그 광경을 본 동물들의 가슴에 다시금 용기가 불끈 솟아올랐다. 도저히 용납할 수 없는 이 비열한 행위 앞에서 조금 전까지 그들을 억누르던 두려움과 절망감은 완전히 사라졌다. 복수를 하자는 부르짖음이 점점 커지더니 더 이상 명령을 기다릴 것도 없이 동물들은 일제히 적을 향해 돌진했다. 이제 잔인한 총탄이 우박처럼 머리 위로 쏟아져도 주저하지 않았다. 치열한 혈전이었다. 인간들은 끝없이 총을 쏘아대면서 가까이 다가온 동물들과는 몽둥이와 묵직한 장화를 이용해 싸웠다. 암소와 양 세 마리, 거위 두 마리가 죽고 거의 모든 동물들이 부상을 당했다. 뒤에서 전투를 지휘하던 나폴레옹도 꼬리에 총알을 맞아 끝부분이 잘려 나갔다. 하지만 인간들도 전혀 다치지 않은 것은 아니었다. 그들 중 세 명은 복서의 발굽에 맞아 머리가 깨지고, 다른 한 명은 암소의 뿔에 배를 받혔다. 한 명은 제시와 블루벨에게 물려 바지가 거의 찢어지다시피 했다. 나폴레옹의 경호견인 아홉 마리의 개들이 그의 지시를 받아 생울타리 뒤로 돌아 인간들의 옆에서 갑자기 나타나 맹렬하게 짖어대자 인간들은 겁에 질려 정신을 못 차렸다. 그러자 프레드릭은 그의 일꾼들에게 가능성이 있을 때 퇴진하자고 소리쳤고, 다음 순간 모두 겁에 질린 채 필사적으로 달아나기 시작했다. 동물들은 들판 아래까지 쫓아가며 가시 울타리 밑을 헤치고 빠져나가는 인간들에게 마지막 발길질을 안겨주었다.

싸움에는 이겼지만, 동물들의 마음은 너무 지쳤고 몸에서는 피가 흘렀다. 그들은 휘청거리면서 천천히 농장 쪽으로 향했다. 죽은 동지들의 시체가 풀밭에 널려 있는 모습을 보면서 몇몇은 눈물을 흘렸다. 풍차가 서 있던 자리를 지날 때는 모두 멈춰 서서 잠시 침묵 속에 슬픔을 삼켰다. 그렇다, 풍차는 사라졌다. 그들의 피땀 어린 노동의 결실이 거의 자취도 없이 사라져버렸다! 기반 구조조차 일부 파괴되었다. 다시 짓는다고 해도 이번에는 무너져 내린 돌덩이를 재활용할 수도 없을 것 같았다. 돌덩이들까지 사라졌기 때문이다. 폭발의 위력이 어찌나 셌던지 돌덩이가 수백 야드나 날아간 것이다. 마치 풍차라는 것 자체가 존재하지 않았던 것 같았다.

농장 근처에 이르자 어찌된 일인지 전투 내내 모습을 보이지 않던 스퀼러가 경중거리며 뛰어왔다. 꼬리를 흔들며 흡족한 표정을 짓고 있었다. 그때 농가 건물 쪽에서 엄숙한 총성이 들려왔다.

"이 총소리는 뭐지?" 복서가 물었다.

"우리의 승리를 자축하는 거지!" 스퀼러가 자랑스럽게 외쳤다.

"무슨 승리?" 복서가 다시 물었다. 무릎에서는 피가 흐르고 편자를 잃어버린 발굽은 갈라져 있었으며, 뒷다리에는 십여 발의 총탄이 박혀 있었다.

"무슨 승리라니, 동지? 우리의 땅에서 적들을 몰아내지 않았소? 이 신성한 동물농장의 땅에서 말이오."

"하지만 그들이 풍차를 부셔버렸잖아. 우리가 이 년이나 걸려서 세운 건데 말이야!"

"그게 무슨 문제요? 풍차는 또 세우면 되지. 하려고 마음만 먹으면 여섯 개라도 만들 수 있소. 동무는 우리가 해낸 엄청난 일이 감사하지 않는가 보군. 적들이 우리가 지금 서 있는 바로 이 땅을 점령했었소. 그런데 지금은, 나폴레옹 동지의 영도력 덕분에 이 땅을 한 치도 잃지 않고 되찾았소!"

"그건 원래 우리 소유였던 것을 다시 찾은 거지." 복서가 말했다.

"그게 바로 우리의 승리인 거요." 스퀼러가 말을 받았다.

그들은 절뚝거리며 뜰 안으로 들어갔다. 다리에 박힌 총알들 때문에 복서는 걸을 때마다 쓰라린 통증을 느꼈다. 눈앞에는 기초부터 풍차를 다시 쌓아 올리기 위해 다시 고된 노동을 하는 자신의 모습이 그려졌다. 이미 상상 속에서 복서는 자신에게 주어진 임무를 받아들이고 있었다. 하지만 난생 처음으로 그는 자신이 이제 열한 살이 되었다는 사실을 떠올렸다. 그리고 어쩌면 탄탄했던 자신의 근육들도 이제는 예전 같지 않을지도 모른다는 생각이 들었다.

그러나 녹색 깃발이 펄럭이는 것을 보고, 다시 한번 일곱 발의 축포가 발사되는 소리를 듣고, 자기들의 행위를 치하하는 나폴레옹의 연설을 듣고 나자 동물들은 자기들이 정말 대단한 승리를 거둔 듯한 느낌이 들었다. 전투에서 사망한 동물들을 위해서는 엄숙한 장례가 거행되었다. 영구차로 쓰인 수레를 끄는 일은 복서와 클로버가 맡았고, 행렬 맨 앞에는 나폴레옹이 걸었다. 그후 이틀을 할애하여 축하의 시간을 가졌다. 노래와 연설 그리고 또 몇 차례의 축포가 있었으며, 모든 동물들에게 포상으로 사과 한 개씩이 배급되었다. 그리고 새들은 옥수수 2온스*씩, 개들은 비스킷 세 개씩을 받았다. 이번 전투는 '풍차 전투'라고 명명한다는 발표가 있었고, 나폴레옹은 새로운 훈장인 '그린베너 훈장'을 제정하여 스스로에게 수여했다. 이렇게 농장 전체가 기쁨을 나누는 가운데 은행권과 관련한 불미스러운 사건은 잊혀졌다.

돼지들이 저택 지하 창고에서 위스키 상자를 발견한 것은 이로부터 며칠 뒤였다. 저택을 처음 점거했을 때에는 무심히 지나쳤던 상자였다. 그날 밤 저택에서는 시끄러운 노

---

* 야드파운드법의 질량, 부피의 단위이다. 단위는 oz이며, 질량을 표현하는 1oz는 28.35그램이다.

랫소리가 흘러나왔는데 놀랍게도 〈영국의 동물들이여〉를 뒤죽박죽으로 부르고 있었다. 그리고 9시 반경에 존스 씨의 낡은 중산모를 쓴 나폴레옹이 뒷문으로 나와서 껑충거리며 뜰을 몇 바퀴 돌고 나서 다시 안으로 들어가는 모습이 동물들의 눈에 띄었다. 그런데 아침이 되자 저택에는 깊은 정적이 감돌았다. 한 마리의 돼지도 일어나 움직이는 기척이 없었다. 그러다가 9시 가까이 되었을 때 스퀄러가 맥없이 느린 걸음으로 나타났는데, 눈은 희미하게 풀려 있었고 꼬리는 축 늘어져 흐느적거리는 게 영락없이 많이 아픈 모습이었다. 스퀄러는 동물들을 모이라고 하더니 비통한 소식을 전하게 되었다고 했다. 그러면서 나폴레옹 동지가 죽을 것 같다는 것이었다!

애통해하는 소리가 높아졌다. 저택 문 밖에 짚단이 깔리고 동물들은 발끝으로 조심스럽게 걸어 다녔다. 눈물이 그렁한 눈으로 서로에게 지도자 동지가 자기들 곁을 떠나면 어떻게 해야 하는지 물었다. 스노볼이 결국 나폴레옹의 음식에 독을 넣었다는 소문이 돌았다. 11시가 되자 스퀄러가 나와서 또다시 발표를 했다. 나폴레옹 동지가 세상을 떠나기 전에 마지막으로 엄숙히 칙령을 발표한다는 것이었다. 그것인즉, 술을 마시는 자는 사형에 처한다는 내용이었다. 그러나 저녁이 되자 나폴레옹의 상태가 조금 호전되는 것 같았고, 다음날 아침에는 스퀄러가 나폴레옹의 건강이 잘

회복되고 있다는 소식을 전했다. 그날 저녁에 나폴레옹은 다시 업무를 볼 수 있을 정도가 되었다. 그리고 다음 날 나폴레옹이 웜퍼에게 윌링던에서 양조와 증류에 관한 책자를 사다달라고 부탁했다는 사실이 알려졌다. 일주일 후 나폴레옹은 은퇴한 동물들의 방목지로 사용할 계획이던 과수원 너머 작은 연못가의 땅을 갈아 일구라는 명령을 내렸다. 목초지에 풀이 다 소진되어 재파종을 해야 한다는 이유에서였는데, 곧이어 밝혀진 사실에 의하면 나폴레옹은 그곳에 보리를 심으려는 것이었다.

이즈음에 아무도 이해할 수 없는 희한한 사건이 발생했다. 어느 날 밤 자정쯤 되었는데 마당에서 뭔가 떨어져 찌그러지는 것 같은 소리가 들려와 잠자리에 들었던 동물들이 모두 달려 나왔다. 달이 밝은 밤이었는데 칠계명이 쓰여 있는 큰 헛간 벽 아래 두 동강이 난 사다리가 널브러져 있었다. 그 옆에는 잠시 정신을 잃은 스퀼러가 큰 대 자로 엎어져 있었다. 근처에는 손전등과 페인트 브러시 그리고 엎질러진 흰 페인트 통이 있었다. 개들이 즉시 스퀼러의 주변을 에워싸고 그가 걸을 수 있게 되자 바로 부축해서 저택으로 데리고 갔다. 동물들 중 누구도 어떻게 된 영문인지 생각해 내지 못했는데, 다만 늙은 벤저민만은 알겠다는 듯이 턱을 끄덕거렸다. 벤저민은 이해하는 것 같았지만 아무 말도 하지 않았다.

그로부터 며칠 후 혼자서 칠계명을 읽어 내려가던 뮤리
엘은 동물들이 잘못 기억하고 있는 부분이 또 한 군데 있다
는 사실을 알아차렸다. 다섯 번째 계명이 '어떤 동물도 술을
마셔서는 안 된다'였던 걸로 기억하는데 중간에 한 글자를
빼먹고 기억했던 것 같았다. 왜냐하면 다섯 번째 계명에는
"어떤 동물도 과도하게 술을 마셔서는 안 된다"라고 쓰여
있었던 것이다.

9장

복서의 갈라진 발굽이 아무는 데는 오랜 시간이 걸렸다. 승리를 자축한 다음 날부터 바로 풍차 재건을 시작했는데 복서는 하루도 쉬려 하지 않았다. 그러면서 자신의 명예를 걸고 아픔을 내보이지 않으려 들었다. 하지만 밤에는 클로버에게 갈라진 발굽 때문에 많이 힘들다며 속내를 털어 보이곤 했다. 클로버는 약초를 씹어서 만든 찜질약으로 복서의 발굽을 치료해주면서 벤저민과 함께 몸을 너무 혹사시키지 말라고 다시 한번 충고했다. "말의 심장이 영원히 뛰는 건 아니야." 클로버는 이렇게 말했다. 하지만 복서는 귀담아듣지 않았다. 복서는 이제 남은 염원은 단 하나, 은퇴하기 전에 풍차가 제대로 돌아가는 것을 보는 것이라고 했다.

맨 처음 동물농장의 법규가 제정될 때 정해진 은퇴 연령을 보면 말과 돼지는 12살, 암소는 14살, 개는 9살, 양은 7살 그리고 닭과 거위는 5살이었다. 자유노령연금도 지급되기로 합의했었다. 아직은 실제로 연금을 받고 은퇴를 한 동물이 나오지 않았지만, 최근에 그 문제에 대하여 점점 더 많은 토론이 오가고 있었다. 이제 과수원 너머의 작은 들판에 보리를 경작하기로 정해지고 나니, 그 대신 넓은 목초지 한쪽 모퉁이에 울타리를 치고 노쇠한 동물들을 위한 방목장으로 만들 것이라는 소문이 있었다. 말을 위한 연금으로는 하루에 옥수수 5파운드가 배급되고, 겨울에는 건초 15파운드가 지급되며, 공휴일에는 당근이나 사과가 지급될 것이라고 했다. 복서는 다음 해 늦여름에 12번째 생일을 맞게 된다.

그러는 동안에도 동물들은 척박한 삶을 살아가고 있었다. 겨울은 지난해와 다름없이 추웠고 식량 부족은 더욱 극심해졌다. 돼지와 개를 제외한 모든 동물들의 식량 배급이 다시 감축되었다. 식량 배급에 너무 엄격한 평등 원칙을 적용하는 것은 동물주의 원칙에 위배된다는 것이 스퀼러의 설명이었다. 겉으로 드러난 상황이 어떻든지 스퀼러는 어려움 없이 모든 동물들에게 실제로는 식량이 부족하지 않다는 것을 증명해 보일 수 있었다. 당분간, 분명히 일시적인 조치인데 식량 배급을 재조정해야 할 필요가 생겼으며(스퀼러는 항상 '재조정'이라고 했지, '감축'이라는 말은 절대 하지 않았다), 그래도 존스의 시절과 비교하면 대단히 개선된 것이라고 했다.

높고 빠른 어조로 숫자들을 읽어가면서 스퀼러는 귀리와 건초, 순무 보유량이 존스 시절보다 많으며, 노동 시간은 더 단축되었고, 식수의 질도 향상되었으며, 수명은 길어지고, 새끼들의 생존율은 높아졌으며, 마구간에는 더 풍부한 건초를 깔 수 있게 되었고, 벼룩 때문에 고생하는 정도도 훨씬 나아졌다고 했다. 동물들은 스퀼러가 말하는 것을 모두 사실로 받아들였다. 사실을 말하자면, 존스와 그를 대변했던 모든 것들은 이미 동물들의 기억에서 거의 사라지고 없었다. 동물들은 요즈음 자신들의 삶이 고되고 가난하며, 종종 배고프고 춥고, 잠자는 시간 빼고는 늘 노동에 시달리지만, 예전에는 그보다 더 못한 삶이었다는 것을 의심하지 않았다. 모두들 기꺼이 그렇게 믿고 싶어했다. 그리고 스퀼러가 빠뜨리지 않고 강조했듯이, 가장 중요한 것은 예전에는 노예였지만 지금은 자유를 가진 존재라는 사실이었다.

이제 먹여 살려야 할 식구들이 훨씬 더 늘었다. 가을에는 네 마리의 암퇘지가 거의 동시에 몸을 풀어 서른한 마리의 새끼 돼지를 생산했다. 새끼 돼지들의 몸에는 얼룩무늬가 있었으며, 나폴레옹이 농장에서 유일한 수퇘지였으므로 새끼들이 누구의 후손인지는 자명했다. 벽돌과 목재를 구매하고 나서 농장 저택의 정원에 교사를 지을 것이라는 발표가 있었다. 그동안 새끼 돼지들은 저택 주방에서 나폴레옹이 직접 가르친다고 했다. 운동은 정원에서 했으며, 다른 동물들의 새끼들과 어울리는 것은 권장하지 않았다. 이즈음에 또 하나의 규칙이 정해졌는데, 통로를 지나다 돼지와 다른 동물들이 마주치면 다른 동물이 옆으로 비켜서야 하며, 모든 돼지들은 지위 고하를 막론하고 일요일에는 꼬리에 녹색 리본을 단다는 것이었다.

그 한 해 농장은 비교적 성공적으로 운영되었다. 하지만 여전히 금전적으로는 부족했다. 교사 건축에 필요한 벽돌과 모래, 석회를 구입해야 했고, 풍차에 설치할 기계를 구입하기 위해 또다시 자금을 모아야 했다. 거기에 더하여 저택에서 사용할 등잔 기름과 양초, 나폴레옹의 식탁을 위한 설탕(다른 돼지들에게는 설탕이 살을 찌게 한다는 이유를 들어 금하고 있었다) 그리고 연장이나 못, 끈, 석탄, 철사, 고철, 개들을 위한 비스킷 등도 채워 넣어야 했다. 건초 더미와 감자 수확물의 일부를 팔고, 달걀 판매 계약을 일주일에 육백 개로 늘렸다. 그러다 보니 암탉들은 현재 숫자를 유지할 정도의 병아리를 부화시키는 것도 힘들 정도였다. 12월에 감축된 식량 배급이 2월에 다시 감축되었으며, 기름을 아끼기 위해 마구간에서는 등잔불을 켜지 못하게 했다. 하지만 돼지들은 부족함 없이 지내는 것 같았다. 오히려 체중이 불고 있는 실정이었다.

2월 말경의 어느 오후였다. 동물들이 한 번도 맡아보지 못한 따듯하고 풍미 가득한, 식욕을 자극하는 냄새가 작은 양조장에서 마당을 건너 풍겨 왔다. 주방 뒤쪽에 있는 그 양조장은 존스의 시절에는 사용하지 않던 곳이었다. 누군가 보리를 조리하는 냄새라고 했다. 배가 고픈 동물들은 게걸스럽게 공기 중에 퍼져 있는 냄새를 맡으며 자기들의 저녁 식사로 따뜻하게 삶은 사료를 준비하는 게 아닌가 생각했다. 그러나 저녁 식사에 따뜻하게 삶은 사료는 없었다. 그러고 나서 맞이한 일요일에 전달된 사항에는 앞으로 모든 보리는 돼지들을 위해 남겨둔다는 내용이 있었다. 과수원 너머에 있는 들판에는 이미 보리씨가 뿌려졌다. 그다음에 흘러나온 소식에 의하면 이제부터 돼지들은 매일 1파인트,* 나폴레옹은 반 갤런**의 맥주 배급을 받는다고 했다. 그리고 나폴레옹은 영국 더비산 자기 수프 그릇에 맥주를 담아 마신다고 했다.

하지만 동물들은 아무리 사는 게 곤궁해도 지금은 훨씬 더 존엄한 삶을 살고 있기 때문에 그 정도의 어려움은 기꺼이 감수할 수 있다고 생각했다. 더 많은 노래를 부르고, 더 많은 연설을 듣고, 더 많은 행진을 해야 했다. 나폴레옹은 일주일에 한 번씩 자발적 시위라는 것을 개최하라는 지시

---

* 야드파운드법에 따른 부피의 단위. 1파인트는 1갤런의 8분의 1로 영국에서는 0.57리터, 미국에서는 0.47리터에 해당한다.
** 야드파운드법에 의한 부피의 단위. 1갤런은 1쿼트의 네 배, 1파인트의 여덟 배로 영국에서는 약 4.545리터, 미국에서는 약 3.785리터에 해당한다.

를 내렸다. 이 모임의 목적은 동물농장의 투쟁과 승리를 축하하는 것이라고 했다.

정해진 시간이 되면 동물들은 일손을 놓고 군대식 행렬을 짜서 농장 구내를 행진해야 했다. 행렬의 구성은 선두에는 돼지들이 서고, 그다음에 말, 암소, 양, 그다음에 가금류순이었다. 개들은 옆에서 행진을 따라가고, 행렬의 맨 앞에는 나폴레옹의 검은 수탉이 섰다. 복서와 클로버는 항상 말굽과 뿔이 그려진 녹색 현수막의 양 끝을 잡고 갔는데, 현수막에는 '나폴레옹 동지 만세!'라고 쓰여 있었다. 행진이 끝나면 나폴레옹을 찬양하는 시를 낭독하고, 스퀼러가 식량증산의 근황을 상세히 알리는 연설을 했다. 때에 따라 총으로 기념 축포를 발사하기도 했다. 자발적 시위에 가장 열심히 참여하는 것은 양들이었다. 누구든 그러한 행사가 시간낭비라거나 추위에 너무 오래 서 있는다고 불평을 한다 싶으면(돼지나 개가 가까이 있지 않을 때 몇몇 소수의 동물들이 불평을 하는 경우가 있었다) 양들이 목청을 돋워 "네 다리는 좋고, 두 다리는 나쁘다!"는 구호를 외쳐서 불식시키곤 했다. 하지만 대다수의 동물들은 기념식을 좋아했다. 어찌되었든 자기들이 주체적인 존재이며, 자신들의 노동이 스스로를 이롭게 한다는 사실을 되새기면서 위안을 얻기 때문이었다. 노래를 부르고, 행진을 하고, 스퀼러가 숫자들을 읽어주고, 축포 소리가 울리고, 수탉이 목청을 높여 울며, 깃발이 펄럭이는 동안은 자기들이 배가 고프다는 사실을 잊을 수 있었다. 최소한 잠깐 동안이라도.

4월이 되자 동물농장은 공화국임을 선포했고, 따라서 대통령을 선출해야 했다. 후보는 단 하나, 나폴레옹이었으므로 그는 만장일치로 선출되었다. 그리고 같은 날, 스노볼이 존스와 공모했음을 더 자세히 증명해주는 문서가 새로 발견되었다. 그 문서에 따르면 스노볼은 전략적으로 외양간 전투에서 패하려고 했을 뿐 아니라 공개적으로 존스의 편에서 싸웠던 것이다. 실제로 인간의 편에서 지휘를 한 것이 스노볼이었고, 전투 중에 진격을 할 때 자기 입으로 "인간 만세!"를 외쳤다는 것이다. 동물들이 아직까지 기억하고 있는 스노볼의 등에 났던 상처도 사실은 나폴레옹의 이빨에 의한 것이었다고 했다.

여름의 중간쯤 지난 수 년 간 보이지 않던 큰 까마귀 모세가 갑자기 농장에 다시 나타났다. 모세는 하나도 변하지 않았다. 여전히 일은 하지 않았으며 슈거캔디 마운틴에 대해서도 예전과 다름없는 얘기들을 늘어놓았다. 나무 밑동에 올라앉아 검은 날개를 퍼덕이면서 누가 들어주기만 하면 몇 시간씩 떠들었다.

"저 위에 말이오, 동지들," 모세는 커다란 부리로 하늘을 가리키며 말했다. "저 위, 저기 보이는 검은 구름 반대편에 슈거캔디 마운틴이 있소. 그곳에서는 우리 불쌍한 동물들이 노동에 시달리지도 않고 편하게 쉴 수 있단 말이오!" 그는 언젠가 유난히 높게 날아올랐다가 그곳에 가본 적이 있다고 주장했다. 그곳에는 클로버와 아마씨가 피어 있는 끝없이 넓은 들판이 있었으며, 생울타리에서는 각설탕이 자란다고 했다. 많은 동물들이 그의 말을 믿었다. 동물들은 생각해보았다. 지금 이렇게 굶주림과 중노동에 시달리고 있는데, 어디든 이보다 나은 세상이 존재해야 하는 거 아닐까? 그런데 어찌 생각해야 할지 판단이 서지 않는 것은 모세를 대하는 돼지들의 태도였다. 슈거캔디 마운틴에 대한 모세의 이야기는 거짓말이라고 경멸하면서도 그를 농장에 남아 있게 하고, 게다가 일도 하지 않는데 하루에 맥주 1질* 씩 주는 것이었다.

복서는 발굽의 상처가 아물자 더욱 열심히 일했다. 사실은 모든 동물이 그 한 해 동안 노예처럼 일했다. 농장에 필요한 일상적인 작업과 풍차 재건 외에도 어린 돼지들을 위한 학교 건물 공사가 3월부터 시작되었기 때문이다. 충분치 못한 식량으로 장시간의 노동을 버티기가 힘겨운 날들도 많았지만, 복서는 흔들리지 않았다. 그의 말과 행동 어디에도 힘이 예전 같지 않다는 것을 내색하는 경우는 없었다. 다만 그의 모습이 조금 달라졌을 뿐이었다. 가죽은 예전만큼

---

* 액체의 양을 재는 단위로 1질은 140밀리리터다.

윤기가 흐르지 않았고, 육중했던 엉덩이도 쪼그라든 것 같았다. 동물들은 "봄풀들이 돋아나기 시작하면 복서도 예전 모습을 되찾을 거야"라고 했지만, 봄이 왔어도 복서는 다시 통통해지지 않았다. 거대한 바윗덩이를 끌고 채석장 꼭대기를 올라갈 때에도 오로지 의지 하나로 쓰러지지 않고 버텨내는 것 같았다. 그럴 때면 꾹 다문 그의 입술이 "내가 더 열심히 할게"라고 말하려는 것 같았지만, 목소리를 낼 힘조차도 남아 있지 않은 듯 아무 소리도 입 밖으로 나오지 않았다. 클로버와 벤저민은 계속해서 스스로의 건강을 돌보아야 한다고 충고했지만, 들은 척도 하지 않았다. 복서의 열두 번째 생일이 가까워졌다. 복서는 여전히 연금을 타먹고 사는 신세가 되기 전에 충분한 돌덩이를 확보해놓을 수만 있으면 다른 건 어떻게 되든 상관하지 않는 것 같았다.

그 해 여름 어느 늦은 밤이었다. 갑자기 복서에게 뭔가 일이 생긴 것 같다는 소식이 들렸다. 돌을 실어 나르려고 혼자 풍차에 나갔던 것이다. 몇 분 후에 두 마리의 비둘기가 소식을 전하기 위해 황급히 날아왔다. "복서가 쓰러졌어! 옆으로 드러누워서 일어나지를 못한다고!"

농장 동물 반 정도가 풍차가 서 있는 둔덕으로 달려갔다. 복서는 수레채 사이에 쓰러져 있었다. 목을 길게 늘어뜨리고 머리를 들 힘도 없어 보였다. 눈은 게슴츠레하고 몸통에는 땀이 흥건하게 배어 있었다. 입에서는 가는 핏줄기가 흘러나왔다. 클로버가 복서 옆에 무릎을 굽히고 앉았다.

"복서!" 클로버는 울고 있었다. "좀 어때?"

"심장이 문제야." 복서가 힘없이 중얼거렸다. "괜찮아. 나 없이도 풍차 재건을 마칠 수 있을 거야. 돌이 충분히 있으니까. 어차피 나는 한 달 후에는 은퇴를 해야 하잖아. 사실은 나도 은퇴할 때를 기다리고 있었어. 어쩌면 벤저민도 나이가 들었으니까 나와 함께 은퇴하도록 해줄지도 몰라. 그러면 벤저민이 나의 벗이 되어주겠지."

"당장 도움을 청해야 해." 클로버가 말했다. "누가 좀 달려가서 스퀄러에게 알려줘."

다른 동물들은 스퀄러에게 소식을 전하기 위해 농가 저택으로 달려가고 클로버와 벤저민만이 복서의 곁에 남았다. 벤저민은 복서 옆에 누워서 긴 꼬리로 복서에게 달려드는 파리를 쫓고 있었다. 15분쯤 후에 스퀄러가 연민과 걱정이 가득한 얼굴로 나타났다. 나폴레옹 동지가 농장에서 가장 충실한 일꾼 중 하나인 복서에게 이런 불운한 일이 일어난 것에 대해서 깊이 상심하고 있다고 하면서 이미 윌링턴에 있는 병원으로 가서 치료를 받을 수 있도록 주선하고 있다고 전했다. 동물들은 이 얘기를 들으면서 조금 불안한 느낌이 들었다. 몰리와 스노볼을 제외하고는 누구도 이 농장을 떠나본 적이 없었기 때문이기도 했고, 또 아픈 동지를 인간의 손에 맡긴다는 것이 썩 내키지 않았다. 하지만 스퀄러는 윌링던에 있는 정형외과 전문 수의사가 치료하는 것이 농장에서 치료하는 것보다 복서를 위해서 좋을 거라는 말로 쉽게 동물들을 이해시킬 수 있었다. 그러고 나서 30분쯤 후 복서는 조금 기운을 되찾았고 힘겹게나마 일어나 절뚝거리며 마구간으로 돌아왔다. 마구간에는 이미 클로버와 벤저민이 복서를 위해 짚단으로 편안한 침대를 만들어 두었다.

복서는 이틀 동안 마구간에서 쉬었다. 돼지들이 저택 욕실에 있는 약장에서 찾은 분홍색 약을 보내와서, 클로버가 하루에 두 번씩 식후에 복서에게 먹였다. 저녁에는 클로버도 복서의 마구간에 함께 누워서 복서의 말상대가 되어주었으며, 벤저민은 곁에서 파리를 쫓아주었다. 복서는 현재의 상황에 대해서 아무것도 아쉬울 것이 없다고 하면서 회복만 잘하면 삼 년 정도는 더 살 수도 있을 것 같다고 했다. 그러면서 넓은 목초지 한쪽에서 보내게 될 평화스러운 날들을 그려보았다. 태어나서 처음으로 가져보는 한가로운 시간이 될 것이며, 그때는 공부도 하고 마음도 더욱 풍요롭게 하리라. 복서는 앞으로 남은 시간은 알파벳의 나머지 22글자를 배우는 데 전력하고 싶다고 했다.

하지만 벤저민과 클로버가 복서와 함께 있을 수 있는 시간은 작업이 끝난 이후의 시간들뿐이었다. 그런데 화물차가 와서 복서를 데려간 것은 한낮이었다. 순무 밭에서 돼지들의 감독하에 김매기를 하고 있던 동물들은 저택 쪽에서 벤저민이 목청이 떨어져라 소리를 지르며 달려오는 것을 보고 깜짝 놀랐다. 벤저민이 그렇게 흥분한 것을 보는 것도 처음이거니와 그가 그렇게 뛰는 것을 보는 것도 처음이었기 때문이다. "빨리, 빨리!" 벤저민이 소리쳤다. "빨리 오라고! 인간들이 복서를 데려가고 있어!" 동물들은 돼지들의 명령을 기다릴 새도 없이 일손은 놓고 축사로 달려갔다. 정말로 농장 뜰에는 두 필의 말이 끄는 커다란 화물차가 서 있었다. 차체 옆에는 글자가 쓰여 있었고 춤이 낮은 중절모를 쓴 교활해 보이는 남자가 운전석에 앉아 있었다. 그리고 복서의 마구간은 비어 있었다.

동물들은 화물차 둘레에 모여 입을 모아 인사를 건넸다. "잘 가, 복서!" "잘 가!"

"바보들! 이 바보들아!" 벤저민이 동물들 사이를 미친 듯이 뛰어다니며 작은 발굽으로 땅을 굴렀다. "바보들아! 화물차 옆에 쓰인 글자를 못 읽는 거야?"

이 말에 동물들은 멈칫하더니 순간 침묵이 흘렀다. 뮤리엘이 큰소리로 글자를 읽기 시작했다. 그러나 벤저민이 뮤리엘을 옆으로 밀어내더니 무거운 침묵 속에 글자를 읽기 시작했다.

"알프레드 시몬즈, 윌링턴 말 도축 및 아교 가공업체. 가죽 및 골분 판매. 개집 공급업체. 이게 무슨 뜻인지 모르겠어? 저들이 복서를 도살장으로 데려가는 거란 말이야!"

동물들의 입에서 공포에 질린 비명소리가 터져 나왔다. 바로 그 순간 운전석에 앉은 사내가 말에 채찍을 날렸고 화물차는 날쌔게 농장 마당을 빠져나갔다. 동물들은 다 같이 목청껏 소리를 지르며 뒤따랐다. 클로버는 있는 힘을 다하여 맨 앞에서 달렸다. 화물차가 속력을 내기 시작했다. 클로버는 다릿심이 닿는 데까지 달려서 겨우 보조를 맞췄다. "복서!" 클로버가 소리쳤다. "복서! 복서!" 바로 그때, 밖에서 벌어지는 일대 소동을 들었는지, 콧잔등에 흰줄이 내려온 복서의 얼굴이 화물차 뒷면에 난 작은 창을 통해 나타났다.

"복서!" 클로버가 절규하듯 외쳤다. "복서! 나와! 빨리 나오라고! 저들이 너를 죽이려고 데려가는 거야!"

동물들이 모두 함께 클로버의 외침에 합세했다. "나와, 복서, 나오라고!" 하지만 화물차는 이미 전속력으로 달리기 시작했고 동물들은 점점 화물차로부터 멀어졌다. 복서가 클로버의 말을 알아들었는지는 알 수 없다. 하지만 잠시 후 그의 얼굴이 창문에서 사라졌고, 화물차 안에서 벽을 두드리는지 우레와 같은 발굽 소리가 들려왔다. 복서는 문을 박차고 나오려던 것이었다. 발길질 몇 번이면 화물차를 산산조각으로 박살낼 수 있는 시절이 분명히 있었다. 하지만 어쩌랴! 이미 그에게 힘이 남아 있지 않았는걸. 잠시 후 발길질 소리는 점점 작아지더니 잦아들고 말았다.

절박해진 동물들은 화물차를 끌고 있는 말들에게 마차를

멈춰달라고 호소했다. "동지들, 동지들!" 동물들은 소리쳤다. "당신의 형제를 도살장으로 데려가지 말아요!" 그러나 그 멍청한 짐승들은 무식해서 지금 무슨 일이 벌어지고 있는 건지 전혀 알지 못하고 다만 귀를 뒤로 바짝 세우고 전속력으로 달릴 뿐이었다. 복서의 얼굴은 다시 창문에 나타나지 않았다. 누군가 앞서 달려가서 빗장 다섯 개짜리 문을 닫아버릴까 생각했으나, 한 발 늦었다. 다음 순간 화물차는 그 문을 통과해 재빠르게 대로를 따라 시야에서 사라져버린 것이다. 그리고 복서의 모습을 다시는 볼 수 없었다.

사흘 뒤 복서가 윌링던에 있는 병원에서 죽었다는 발표가 있었다. 말에게 해줄 수 있는 모든 치료를 다 해주었지만 소용이 없었다는 말을 덧붙여서. 스퀼러가 동물들에게 와서 소식을 전했다. 그의 말에 따르면 복서의 임종 시에 그가 함께 있어주었다고 했다.

"내가 본 중에 가장 감동적인 광경이었소!" 스퀼러가 앞발을 들어 눈물을 훔치며 말했다.

"그가 숨을 거둘 때 내가 그의 옆에 있었소. 임종이 가까워져서 거의 말을 하기도 힘들었는데 복서가 내 귓가에 속삭였소. 그는 오로지 풍차가 완공되기 전에 이 세상을 떠나게 된 것이 애통하다고 했소. '전진하시오, 동지!' 복서는 이렇게 속삭였소. '반란의 이름으로 전진하시오. 동물농장 만세! 나폴레옹 동지 만세! 나폴레옹은 항상 옳소.' 이것이 복서가 마지막으로 남긴 말이었소, 동지들."

여기까지 얘기하고 나서 스퀼러의 낯빛이 갑자기 바뀌었다. 잠시 침묵을 지키면서 의심 가득한 눈초리로 이쪽저쪽을 살피고 나서 말을 이었다.

스퀼러는 복서를 데려갈 때 어리석고 사악한 소문이 돌았다는 얘기를 들었다고 했다. 몇몇 동물들이 복서를 태워 간 화물차 옆면에 '말 도살업체'라는 글자가 쓰여 있는 것을 보았다는데, 그 때문에 복서를 도살장에 팔았다고 생각하는 것은 성급한 결론을 내린 것이라고 했다. 그러고 나서 동물들이 그 정도로 어리석다니 믿을 수가 없다고 분개하면서 울분을 터뜨렸다. 우리의 사랑하는 지도자 나폴레옹 동지를 그렇게 모르는가? 이렇게 반문하면서 늘 그러듯이 꼬리를 휘저으며 이리저리 뛰어다녔다. 그러나 막상 스퀼러의 설명은 아주 간단했다. 그 화물차는 도살업체가 사용하던 것인데 정형외과 전문 수의사가 구매를 해서 아직 예전 상호를 페인트로 지우지 못한 채 사용했던 것이라고 했다. 그 때문에 오해가 생겼던 거라고.

동물들은 이 말을 듣고 마음이 훨씬 편안해졌다. 그러고도 스퀼러가 계속해서 복서가 눈을 감던 순간과 그가 얼마나 지극한 간호를 받았는지, 그리고 나폴레옹이 얼마나 비싼 약값을 주저 없이 지불했는지를 생생하게 풀어나가자 동물들의 마음에 남아 있던 한 점의 의혹까지도 모두 사라졌다. 동지의 죽음으로 인한 동물들의 슬픔은 그래도 그가 행복한 죽음을 맞이했을 거라는 생각으로 위안을 받았다.

그다음 일요일 회합에는 나폴레옹이 몸소 참석해서 복서를 추모하는 짧은 연설을 했다. 나폴레옹은 연설 중에 안타깝게 먼저 떠난 동지의 유해를 가져와서 농장에 매장해줄 수는 없었지만, 그 대신 농장 정원에서 자라는 월계수 가지로 대형 화환을 만들어 복서의 무덤에 놓도록 보내주었다고 했다. 그리고 수일 내로 돼지들이 복서를 추모하는 기념 만찬을 준비할 것이라고 했다. 그러고 나서 나폴레옹은 복서가 가장 좋아하던 두 가지 행동 원칙인 '내가 더 열심히 할게'와 '나폴레옹 동지는 항상 옳아'를 다시 한번 상기시키면서 모든 동물이 이 행동 원칙을 마음에 새기고 따르라는 당부로 연설을 마무리했다.

추모 만찬이 있던 날, 윌링던에 있는 식료품 가게의 화물차가 와서 커다란 나무 상자를 농장 저택에 내려놓고 갔다. 그날 밤 시끌벅적한 노랫소리가 들리고 소란스럽게 언쟁을 하는 소리가 들리더니 11시경에 유리가 산산이 부서지는지 고막이 얼얼할 정도의 요란한 소리가 들리고는 모두 잠잠해졌다. 그리고 그다음 날 정오가 되도록 저택 안에서는 그 누구도 일어나 얼씬거리지 않았다. 그러고는 소문이 돌았는데 자초지종은 알 수 없으나 돼지들이 위스키 한 박스를 더 살 수 있는 돈을 손에 쥐었다고 했다.

10장

몇 해가 흘렀다. 계절이 왔다 가고, 동물의 짧은 생애도 물 흐르듯 흘러갔다. 이제 반란 이전의 세월을 기억하는 자는 클로버와 벤저민, 큰 까마귀 모세 그리고 돼지 몇 마리밖에 남아 있지 않았다.

뮤리엘도 죽고, 블루벨, 제시, 핀처도 죽었다. 존스도 이미 이 세상 사람이 아니었는데, 그는 농장에서 멀리 떨어진 어느 알코올 중독자들을 위한 시설에서 죽었다. 스노볼의 존재는 잊혀졌다. 복서도 그를 알았던 몇 명을 제외하고는 모두의 기억 속에서 사라졌다. 클로버도 이제는 살찐 늙은 암말이 되어 관절이 뻣뻣해지고 눈에는 눈곱이 자주 끼었다. 정년을 넘긴 지가 2년이 지났는데, 클로버를 포함해서 농장 동물들 중 실제로 은퇴를 맞은 동물은 아직 아무도 없었다. 초고령의 동물들을 위해 목초지 한쪽에 쉴 곳을 마련하자는 이야기는 이미 오래전에 사라졌다. 나폴레옹은 몸무게가 24스톤의 성숙한 수퇘지가 되었다. 스퀄러는 너무 살이 쪄서 제 눈을 뜨는 것도 힘들 정도였다. 벤저민만 주둥이 부분이 조금 더 회색으로 변하고, 복서의 죽음 이후로 더 시무룩하고 말이 없어진 것만 빼고는 예전의 모습을 거의 그대로 가지고 있었다.

농장 식구들도 많이 늘었는데, 식구가 늘어난다는 것이 초기에 기대했던 것처럼 좋은 것만은 아니었다. 대다수의 어린 동물들은 반란에 대한 이야기를 그저 희미한 역사 속의 사건으로 전해들은 것이 전부였으며, 그 외의 동물들은 이 농장으로 팔려오기 전까지 반란이라는 것에 대해서 들어본 적도 없었다. 현재 농장에는 클로버 외에도 세 필의 말이 더 있었다. 그들은 튼튼하고 성실한 일꾼이자 선량한 동지들이었는데, 너무 어리석었다. 모두 알파벳 철자의 B 이상 배우는 것이 불가능했다. 반란과 동물주의 원칙에 대해서도 말해주는 대로 믿었는데, 특히 자기들이 어미처럼 섬기는 클로버의 말이라면 무조건적이었다. 하지만 클로버의 말을 제대로 이해하는지는 의심의 여지가 있었다.

농장은 더욱 번창했고, 훨씬 더 조직적으로 운영되고 있었다. 필킹턴에게서 두 개의 들판을 사들여 더 넓어지기도 했다. 풍차도 결국은 성공적으로 완성되었고, 탈곡기와 건초 승강기도 갖추었다. 또한 여러 개의 새 건물도 지어졌다. 윔퍼는 이륜 수레를 샀다. 그러나 풍차를 전력 생산에 사용하지는 않았다. 그 대신 풍차를 이용해 옥수수를 제분했고, 그것으로 많은 현금 수익을 올렸다. 동물들은 또 다른 풍차를 건설하기 위해 열심히 일했다. 그것이 완성되면 발전기를 설치할 것이라고 했다. 하지만 스노볼이 한때 꿈꾸었던 전기불이 밝혀진 마구간과 온수와 냉수, 주 삼 일 노동이라는 꿈같은 생활에 대해서는 아무도 더 이상 입에 올리지 않았다. 나폴레옹이 그런 생각은 동물주의 정신에 위배된다고 비난했기 때문이다. 진정한 행복은 열심히 일하고 검소하게 사는 데 있다고 했다.

어쩐 일인지 농장은 부유해졌는데 동물들 자신은, 물론 돼지와 개들을 제외하고는, 조금도 더 풍족해지지 않았다. 어쩌면 돼지와 개의 숫자가 많다는 것도 그 이유 중 하나가 될 것이다. 그들도 나름대로 일을 하지 않는 것은 아니었다. 스퀄러가 지치지도 않고 설명하는 바에 따르면 농장을 감독하고 운영하기 위한 일들이 끝도 없으며, 그런 일들은 대부분 다른 동물들이 이해하기에는 너무 어렵다고 했다. 예를 들어 돼지들은 매일 '문서' '보고서' '회의록' '각서'라고 불리는 것들과 관련된 일들을 엄청 많이 한다고 했다. 이것들은 글자가 빼곡히 적혀 있는 커다란 종잇장인데, 여기에 글자를 빼곡히 채워 넣어야 하며, 그러고 나서 바로 난로에

넣어 태워버려야 한다고 했다. 스퀼러는 이런 일이야말로 농장의 복지를 위해 가장 중요한 일이라고 했다. 그렇다고 해도 돼지나 개들은 자기들의 노동으로 식량을 생산하는 일은 전혀 하지 않았다. 그런데 그들의 수는 정말 많았고, 식욕은 늘 좋았다.

그 밖의 동물들의 생활은, 그들이 스스로 생각하기에 늘 똑같았다. 대체적으로 늘 배가 고팠고, 지푸라기 위해서 잤으며, 식수장에 가서 물을 마셨고, 들판에서 일했다. 겨울에는 추위에 떨고 여름에는 파리에 시달리면서. 때때로 나이가 많은 동물들은 희미한 기억을 들춰내어 존스를 타도할 즈음인 반란의 초기에는 상황이 지금보다 더 좋았던가, 아니면 나빴던가를 떠올려보고자 했다. 하지만 기억이 나지 않았다. 현재의 삶을 비교해볼 만한 기억이 없기 때문이었다. 유일하게 참고할 수 있는 것은 스퀼러의 목록에 적힌 숫자들이었는데, 예외 없이 모든 숫자가 점점 나아졌음을 보여주고 있었다. 그러다 보니 동물들은 문제를 풀어볼 방법이 없다는 것을 인정할 수밖에 없었다. 어차피 지금은 그런 생각을 할 시간도 거의 없으니까. 오로지 벤저민만이 그의 긴 생애 구비 구비를 기억하고 있었는데, 삶은 아주 좋아지지도 아주 나빠지지도 않았으며, 앞으로도 그럴 것임을 알고 있다고 공언했다. 그의 말에 따르면 배고픔과 고난, 좌절이야말로 변하지 않는 삶의 법칙이기 때문이었다.

그렇지만 동물들은 희망을 버리지 않았다. 그리고 동물농장의 식구인 것을 영광과 특권으로 생각하는 것을 한시도 잊지 않았다. 동물농장은 여전히 이 나라, 그러니까 전 영국 땅에서 유일하게 동물이 소유하고 운영하는 농장이었던 것이다! 제일 어린 동물들까지도 그리고 십 마일, 이십 마일 밖에 있는 농장에서 팔려온 새 식구들까지도 그 점에 경외심을 가지고 있었다. 축포가 울리고 깃대에 녹색 깃발이 펄럭일 때면 동물들의 가슴은 불멸의 자긍심으로 부풀어 올랐고, 자연스럽게 영예로웠던 그 옛날, 존스를 타도하고 칠계명을 쓰던 일, 침략해온 인간들을 물리치던 일들에 관해 이야기하기 시작했다.

그 옛날의 꿈들은 하나도 버려지지 않았다. 메이저 영감이 예견했던 동물공화국, 영국의 푸른 들판에서 인간의 발길이 사라진 그런 나라를 아직도 믿고 있었던 것이다. 언젠간 그런 날이 올 것이었다. 가까운 시절이 아닐 수도 있고, 지금 살고 있는 동물들의 삶이 끝난 후가 될 수도 있지만, 아무튼 언젠가는 그 날이 올 것이다. 〈영국의 동물들이여〉의 가락도 은밀하게 이곳저곳에서 흥얼거려지곤 했다. 어찌됐든 농장 동물들 모두 감히 크게 부르지는 못하지만, 그 노래를 알고는 있었다. 그들의 삶은 고되고 모든 희망을 이룬 것도 아니었지만, 자기들은 다른 동물들과 다르다는 의식을 가지고 있었다. 배가 고픈 것도 독재적인 인간을 먹여야 해서가 아니었으며, 힘겨운 노동을 하는 것도 최소한 그들 자신을 위한 것이었다. 그들 중 누구도 두 다리로 걷는 자는 없었으며, 그들 중 누구도 다른 누구에게 '주인님'이라고 부르지 않았다. 모든 동물은 평등했으므로.

초여름의 어느 날, 스퀼러가 양들에게 따라오라고 하더니 농장 반대편 끝에 있는 불모지로 데리고 갔다. 자작나무 묘목이 너무 무성하게 자라 있는 곳이었다. 양들은 그곳에서 스퀼러의 감독하에 하루 종일 잎들을 따먹어야 했다. 저녁이 되자 스퀼러는 양들에게 날씨가 따뜻하니 그곳에서 지내라 하고는 혼자서 저택으로 돌아왔다. 결국 양들은 일주일 동안 그곳에서 지내야 했으며, 다른 동물들은 양들의 모습을 일체 볼 수 없었다. 하루의 대부분을 스퀼러가 같이 있었기 때문이다. 스퀼러는 동물들에게 양들이 새 노래를 배우고 있는데 남들의 시선으로부터 보호해주어야 하기 때문이라고 설명했다.

양들이 돌아오고 난 후 어느 상쾌한 저녁이었다. 동물들이 작업을 마치고 축사로 돌아가는데 마당에서 말의 비명소리 같은 것이 들렸다. 동물들은 놀라서 가던 길을 멈추었다. 클로버의 목소리였다. 다시 한번 비명 소리가 들렸고, 동물들은 한걸음에 마당으로 달려 나갔다. 그리고 클로버가 목격한 광경을 함께 보게 되었다.

돼지 한 마리가 두 개의 뒷다리로 걷고 있었다.

그렇다. 스퀼러였다. 살이 찐 몸뚱이를 그 자세로 지탱하는 게 아직 익숙하지 않은 듯 좀 어색하기는 했지만 완벽하게 균형을 잡고 마당을 걸어 다니고 있었다. 잠시 후 저택 문이 열리고 돼지들이 줄줄이 나왔다. 모두 뒷다리로 걸으면서. 좀 더 익숙하게 걷는 돼지도 있었고, 아직 서툴게 보이는 돼지도 있었다. 그중 한둘은 너무 불안해 보여서 지팡이를 짚어야 할 듯 보이기도 했지만, 모두 성공적으로 마당을 한 바퀴 돌았다. 드디어 무시무시한 개들의 으르렁거림에 이어 검은 수탉이 하늘을 찌를 듯 울어대고 나서 나폴레옹이 등장했다. 위풍도 당당하게 두 다리로 서서 거만한 눈빛으로 양쪽을 둘러보면서. 개들이 그를 에워싸고 거칠게 뛰어다녔다.

나폴레옹의 앞발에는 채찍이 들려 있었다.

무거운 침묵이 흘렀다. 놀랍고, 공포에 질린 동물들은 옹송거리며 서로에게 다가선 채 돼지들이 느린 걸음으로 마당을 돌며 행진하는 모습을 지켜보았다. 마치 세상이 뒤집어진 것 같았다. 처음 그 광경을 목격할 때 받았던 충격이 가라앉고 나서 몇몇 동물들의 입에서 항거의 말이 나왔을지도 모르겠다. 비록 무자비한 개들이 두렵기도 했고, 오랜 세월 동안 굳어진 습성으로 인해 어떠한 상황에서도 불평할 줄도, 비판할 줄도 모르는 동물들이긴 했지만. 그런데 바로 그 순간 양들이 신호를 받기라도 한 듯이 일제히 구호를 외치기 시작했다.

"네 다리는 좋고, 두 다리는 더 좋다! 네 다리는 좋고, 두 다리는 더 좋다! 네 다리는 좋고, 두 다리는 더 좋다!"

양들은 쉬지도 않고 5분 동안 구호를 외쳤다. 그리고 마침내 양들이 조용해졌을 때는 이미 항의할 수 있는 기회는 지나간 뒤였다. 돼지들이 행진을 마친 뒤 다시 저택으로 들어가 버렸기 때문이었다.

벤저민은 누군가의 코가 어깨에 닿는 것을 느꼈다. 돌아보았더니 클로버였다. 눈이 전보다 더 침침한 듯 보였다. 클로버는 아무 말 없이 벤저민의 갈기를 가만히 잡아당겨서 큰 헛간 끝, 칠계명이 쓰인 벽으로 데리고 갔다. 둘은 일이분 정도 타르가 칠해진 벽에 쓰인 흰 글씨를 바라보았다.

"눈이 침침해서 안 보여." 클로버가 입을 열었다. "하긴 젊었을 때도 저기 쓰인 글을 읽을 수는 없었지만. 그런데 벽이 뭔가 달라진 것은 알겠네. 벤저민, 칠계명이 예전에 쓰여진 그대로야?"

이번만큼은 벤저민도 자신의 규율을 어기고 큰소리로 벽에 쓰인 글을 읽어주었다. 이제는 단 하나의 계명만이 적혀 있을 뿐이었다.

모든 동물은 평등하다.
그러나 어떤 동물은 다른 동물보다 더 평등하다.

그 계명을 읽고 나서는 다음날 농장 작업을 감시하는 돼지들이 모두 앞발에 채찍을 들고 있어도 이상해 보이지 않았다. 돼지들이 자기들을 위해 라디오를 구매하고, 전화를 설치하기 위해 예약을 하고, 『존 불』이나 『팃 비츠』, 『데일리 미러』니 하는 신문 잡지들을 정기 구독해도 이상해 보이지 않았다. 나폴레옹이 파이프를 물고 정원을 산책해도, 아니 존스의 옷장에서 옷까지 꺼내 입고 있어도 이상해 보이지 않았다. 나폴레옹은 검정색 코트에 레드캐처 반바지, 가죽 레깅스 차림을 하고 있었으며, 그가 총애하는 암퇘지는 존스 부인이 일요일이면 입곤 했던 물결무늬 실크 드레스를 입고 있었다.

일주일이 지난 어느 오후, 농장으로 여러 대의 이륜마차가 들어왔다. 이웃 농장주 대표들이 농장 시찰에 초대된 것이었다. 그들은 농장 구석구석을 돌아보며 보이는 것마다 대단한 경외심을 표시했다. 특히 풍차에 대해서. 동물들은 순무 밭에서 김을 매고 있었다. 모두 고개 한번 들지 않고 부지런히 작업에 열중했다. 그러면서 돼지들과 인간 방문객 중 어느 쪽을 더 두려워해야 하는 건지 판단이 서지 않는다는 생각을 하고 있었다.

그날 저녁 저택에서는 시끌벅적한 웃음소리와 노랫소리가 들려왔다. 하나로 어우러져 들려오는 소리들을 듣고 있던 동물들은 갑자기 궁금해졌다. 처음으로 동물과 인간이 동등한 관계로 만나서 지금 무슨 일이 벌어지고 있는 걸까? 동물들은 모두 한마음이 되어 가능한 한 소리 없이 저택의 정원으로 기어 들어갔다.

대문에 이르자 두려워서 차마 들어가지 못하고 주춤했는데 클로버가 앞장을 섰다. 그리고 발소리를 죽여가며 저택으로 다가가서 키가 큰 동물들이 식당 창문으로 안을 엿보았다. 그 안에는 타원형의 긴 탁자가 있었는데 농장주 여섯 명이 한쪽 반을 차지하고 있었다. 다른 한쪽에는 돼지들 중 좀 더 중책을 맡고 있는 여섯 마리가 앉아 있었다. 나폴레옹은 식탁 머리에 위치한 상석에 앉아 있었다. 돼지들은 의자에 아주 편안한 자세로 앉아 있었다. 모두 함께 카드게임을 하고 있었는데, 잠시 축배를 들기 위해 게임을 쉬는 모양이었다. 커다란 술병이 돌려지고 잔에는 맥주가 채워졌다. 얼이 빠진 표정으로 창문에서 들여다보고 있는 동물들의 얼굴은 아무도 눈치 채지 못했다.

폭스우드의 필킹턴이 잔을 든 채 자리에서 일어났다. 그리고 이어서 자기가 건배를 청할 테니 모두 함께 해달라고 했다. 하지만 그 전에 자기가 꼭 해야 할 말이 있다고 했다.

그러더니 필킹턴은 불신과 오해의 긴 세월이 지나고 이제 화해의 날을 맞아 몹시 흐뭇하며, 여기 모인 모든 이가 그렇게 느낄 것이라고 했다. 한동안 이웃에 있는 사람들이, 비록 본인과 이 자리에 참석한 사람들은 그런 감정을 가진 적이 없지만, 동물농장의 주인공들을 적대감까지는 아니어도 어느 만큼의 의구심을 갖고 바라보았던 것이 사실이라고 했다. 안타까운 사건들이 일어났고 오해가 오고 갔다고 했다. 돼지들이 소유하고 경영하는 농장이 있다는 사실이 정상적이지 않으며, 이웃 농장들을 술렁이게 한다는 견해들이 있었다. 많은 농장주들이 제대로 알아보지도 않고 동물농장과 같은 곳에서는 권리와 규율에 대한 의식이 고양될 것이라고 짐작했다는 것이다. 그래서 자기 농장 동물들뿐 아니라 농장에서 일하는 일꾼들까지도 영향을 받지 않을까 불안했다고 했다. 하지만 이제 그런 의구심은 모두 사라졌다. 오늘 동물농장을 방문해서 구석구석 돌아보면서 직접 확인해보니 어땠느냐? 최신의 운영방식이 도입되어 있을 뿐 아니라 훈육과 질서정연함이 다른 농장주들의 모범이 되겠다는 것이었다. 그가 장담하건대, 동물농장의 하위계급 동물들은 이 나라 다른 어느 농장의 동물들보다도 더 많은 노동을 하고 있으며, 동시에 식량은 가장 적게 배급받고 있다고 했다. 그래서 그와 다른 방문자들은 자기 농장으로 돌아가는 즉시 오늘 동물농장에서 본 것 중 많은 것을 자기 농장에도 시도해볼 생각이라고 했다.

 필킹턴은 연설을 마치기 전에 마지막으로 동물농장과 이웃 농장들 간의 우정이 현재도 앞으로도 지속되어야 한다는 것을 다시 한번 강조하고 싶다고 했다. 그러면서 돼지들

과 인간들 사이에는 어떠한 이해의 상충도 없어야 한다고
했다. 왜냐하면 그들의 투쟁거리와 골칫거리는 결국 하나니
까. 세상 어느 곳에서든 노동 문제는 똑같지 않나? 이 대목에
서 필킹턴은 마음먹고 준비한 비장의 유머를 사용하려고 했
던 것 같았다. 그런데 바로 그 순간 유머를 말하려는 데에 너
무 흥분한 나머지 음식이 목에 걸려버렸다. 목이 막히자 턱
에 겹쳐진 살들이 보랏빛으로 변하는 듯싶더니, 잠시 후 가
까스로 뱉어낼 수 있었다. "여러분에게는 부려야 할 하급 동
물들이 있고" 필킹턴이 말을 이었다. "우리에게는 하층민이
있으니까!" 이 기지 넘치는 발언에 식탁에 둘러앉은 일행은
열광했다. 필킹턴은 다시 한번 동물농장을 둘러보면서 관찰
한 적은 식량 배급과 긴 노동 시간, 일상적인 대우를 절제하
는 모습 등에 대해서 돼지들에게 찬사를 보냈다.

그리고 나서 마지막으로 일행에게 자리에서 일어나 잔을
채워달라고 청했다. "여러분, 축배를 듭시다. 동물농장의 번
영을 위하여!"

모두 발까지 굴러가며 열광적인 환호를 보냈다. 나폴레
옹은 고마운 나머지 식탁을 돌아 필킹턴에게로 가서 술잔
을 부딪친 다음 잔을 비웠다. 환호의 웅성거림이 가라앉자
그때까지 두 다리로 서 있던 나폴레옹이 자기도 간단히 하
고 싶은 말이 있다고 했다.

나폴레옹의 연설은 언제나 그렇듯이 이번에도 간략하고

단도직입적이었다. 우선 서로 간의 오해가 풀어져 기쁘다고 했다. 악의를 품고 있는 자들에 의해서 자기와 동료들이 체제 전복을 자행했다는 소문이 돈 것으로 알고 있다. 그리고 자기들이 이웃 동물들 사이에 반란을 부추기는 것으로도 지목되고 있는데 이는 전혀 사실무근이다! 지금도 그렇지만 과거에도 자기들의 유일한 바람은 이웃과 평화롭게 지내면서 정상적인 비즈니스 관계를 맺는 것이라고 했다. 자신이 통제권을 갖게 된 이 농장은 사실 협동기업이라고 했다. 자기가 가지고 있는 권리증도 사실 돼지들의 공동 소유라는 것이다.

그러한 예전의 의심들이 아직도 남아 있지는 않겠지만, 그래도 더 확실한 신뢰를 줄 수 있는 몇 가지 수정안들이 농장 운영에 추가되었다고 했다. 지금까지는 동물들이 서로를 '동지'라고 부르는 어리석은 관습이 있었는데, 앞으로는 이를 자제시킬 것이라고 했다. 그리고 어디서부터 시작되었는지는 모르지만 또 한 가지 이상한 풍습은, 일요일마다 정원 깃대에 달려 있는 수돼지의 해골을 지나서 행진을 하는 것인데 이것도 금지시킬 것이며 해골은 이미 묻어버렸다고 했다. 방문 중에 깃대에 펄럭이는 녹색 깃발을 보았는지 모르겠는데, 그랬다면 깃발에 그려져 있던 흰색 발굽과 뿔이 지워진 것을 보았을 것이며, 이제부터는 녹색 단색의 깃발을 사용할 것이라고 했다.

그리고 훌륭했던 필킹턴 씨의 연설 중에 한 가지 수정할 것이 있다고 했다. 필킹턴 씨가 연설을 하면서 '동물농장'이라는 칭호를 계속 사용했는데, 물론 지금 처음 공표하는 것이기 때문에 필킹턴 씨도 몰랐을 것이 당연하지만, '동물농장'이라는 이름은 폐지한다고 했다. 그리고 이제부터 농장은 원래의 이름이자 가장 적절한 이름인 '매너 농장'으로 불릴 것이라고 했다.

"여러분." 연설을 마치면서 나폴레옹이 외쳤다. "다시 한 번 축배를 듭시다. 하지만 이번에는 조금 다르게. 자, 잔을 채워주십시오. 여러분, 매너 농장의 번영을 위해 건배!"

이번에도 화기애애한 환호가 일었고 한 방울도 남김없이 잔들을 비웠다. 하지만 밖에서 들여다보는 동물들의 눈에는 이상한 일이 목격되었다. 돼지들의 얼굴이 변하는 것처럼 보이는 것이 아닌가? 클로버는 침침해진 눈으로 하나하나 자세히 살펴보았다. 어떤 돼지는 턱이 다섯 겹이었고, 어떤 돼지는 네 겹, 어떤 돼지는 세 겹의 턱이 투실투실 달려 있었다. 그런데 그것들이 녹아내리면서 모양이 변하는 것처럼 보이는 것은 어찌된 일인지? 다음 순간 박수가 잦아들고 일행은 다시 카드를 들고 중단했던 게임을 이어갔다. 이쯤에서 동물들은 조심스럽게 창문에서 떨어져 발길을 돌렸다.

그러나 채 이십 야드도 가기 전에 멈춰서야 했다. 저택에서 고함소리가 들려온 것이다. 동물들은 다시 달려가서 창문으로 들여다보았다. 그렇다, 거친 언쟁이 일어나고 있었다. 소리를 치고, 식탁을 두드리고, 날카로운 의심의 눈초리, 격렬한 부정. 언쟁의 원인은 나폴레옹과 필킹턴이 동시에 스페이드 에이스를 들고 있었기 때문인 것 같았다.

열두 개의 열띤 목소리가 함께 소리치고 있었다. 모두 하나도 다르지 않았다. 돼지들의 얼굴에 어떠한 변화가 일어났는가에 대해서는 의문의 여지가 없었다. 창밖의 동물들은 돼지의 얼굴을 인간의 얼굴에, 인간의 얼굴을 돼지의 얼굴에, 그리고 다시 돼지의 얼굴을 인간의 얼굴에 비교해서 거듭 살펴보았지만, 이미 이들을 분간한다는 것은 불가능해진 듯했다.

시대를 뛰어넘는
독재 권력에 대한 신랄한 풍자

『동물농장(Animal Farm)』은 조지 오웰(George Orwell)의 풍자 소설로 1945년 8월 17일에 영국에서 처음 출간되었다. 조지 오웰에 따르면 작품 속에서 일어나는 사건들은 1917년 러시아 혁명이 일어나기까지의 전초적인 징후들과 그 후 스탈린 정권하의 소련에서 일어난 사건들을 반영한다.

조지 오웰은 저자의 필명이며, 실명은 에릭 아서 블레어(Eric Arthur Blair)이다. 오웰은 1903년 당시 영국의 식민지였던 영국령 인도의 벵갈에서 하급 관리의 아들로 태어났으며, 두 살이 되던 해에 어머니와 함께 영국으로 와서 옥스포드셔에 정착했다. 그 후 장학금으로 영국의 명문인 이튼 칼리지를 졸업했으나 대학 진학을 포기하고 미얀마로 가서 경찰직에 복무했다. 미얀마에서 지내는 동안 작가가 되고자 글을 쓰기 시작했으며, 1928년에는 파리로 이주하여 노동자들의 밀집 거주 지역이었던 파리 5구의 루두포드 페에 자리를 잡았다. 이즈음 오웰은 프랑스 국제공산당 잡지인『몽드(Monde)』에 투고를 하면서 언론인으로 명성을 얻게 되었다.

오웰은 런던 근교에서 생활하던 1936년에 아일랜드계 여인 아일린 오쇼네시(Eileen O'Shaughnessy)와 결혼하는데『동물농장』이 이전까지의 작품들과는 다르게 해학적인 면이 담겨 있는 것은 그의 사상적 동반자이기도 했던 아내 아일린의 영향을 받은 것으로 알려져 있다.

조지 오웰은 1943년 11월, 노동당의 지원을 받는 좌파 잡지『트리뷴(Tribune)』에서 문학 편집자로 일하던 시기에『동물농장』의 집필을 시작해서 1944년 2월에 탈고했다. 처음에 붙였던 제목은『동물농장 : 어떤 동화(Animal Farm : A Fairy Story)』였는데 1945년에 출간되면서 부제는 빠지고『동물농장』으로 세상에 소개되었다.

당시 영국의 지식 계층은 전쟁 동맹국이었던 소련의 스탈린을 숭상하는 분위기였으며, 오웰은 이에 대해 깊은 반감을 갖고 있었다. 이러한 사회적 분위기 속에서『동물농장』의 원고가 영국과 미국의 출판사들로 부터 연이어 거절을 당하며 출간의 어려움을 겪게 되자 오웰은 자비 출판까지 생각하면서 출간하게 되면 책에 싣기 위해 '언론의 자유'라는 제목을 붙여 출판사들의 검열 의식을 비판하는 내용의 서문을 써놓기도 했다. 그러나 막상 책이 출간될 때 그 서문은 수록되지 않았으며, 훗날 오웰의 원고들 사이에서 발견되었다.

이렇게 출간의 어려움을 겪었던 『동물농장』이 1945년 세커 앤드 워버그 출판사를 통해 출간되자 상업적 성공을 거두게 되었는데, 그 성공의 배경에는 전쟁 동맹국들 간에 냉전의 기류가 감돌면서 급변했던 당시의 국제 정세도 결정적 요인으로 작용했다.

오웰은 『동물농장』이라는 소박하고 해학적인 이야기를 통해 스탈린과 그의 부하들이 러시아 혁명의 정신을 배반했음을 상징적으로 보여준다. 비록 우화 형식을 빌리긴 했지만, 작품 속 등장하는 동물들은 각기 실제 인물들을 풍자하고 있다. 수상 경력에 빛나는 요크셔종 돼지인 메이저 영감은 사회주의의 창시자라 할 수 있는 마르크스(Karl Marx)와 러시아 혁명의 지도자이자 소련 초기의 지도자였던 레닌(Vladimir Lenin)을 복합적으로 풍자하는데, 작품 속에서 농장 동물들의 마음을 움직여 혁명의 불을 지피고 혁명의 원칙을 세운다. 몸집이 크고 위풍당당한 나폴레옹은 농장에서 유일한 버크셔종으로 스탈린(Iosif Vissarionovich Stalin)을 풍자하는데, 작품 속에서 악당들의 주체다. 또한 나폴레옹의 경쟁 상대이며 존스 씨를 타도하고 처음 농장의 우두머리가 되었던 스노볼은 트로츠키(Leon Trotsky)를 주로 풍자하며 레닌의 일면도 보여준다. 이 밖에 나폴레옹의 충신으로 농장 동물들의 충성심을 선동하는 스퀄러, 나폴레옹을 기리는 시를 지어 퍼뜨리는 미니무스, 스노볼파로 몰려 처형당하는 혁명 돼지들을 비롯하여 작품 속 동물들은 당시 소련의 정치 사회 구성원들을 대변한다.

작품 속에서 벌어지는 일련의 사건들도 스탈린 집권하의 소련에서 실제 있었던 사건에 기본을 두고 있다. 조지 오웰의 전기 작가인 제프리 마이어스(Jeffrey Meyers)는 "실제로 작품 속 모든 요소에 정치적 의미가 담겨 있다"라고 했는데, 1947년에 우크라이나 어로 번역되어 출간된 『동물농장』에 실린 작가 서문에서 오웰 자신도 "나는 이 작품을 통해 러시아 혁명을 풍자하고자 했다"라고 말한 바 있다. 그는 이 글에서 "지난 10년 동안 나는 사회주의 운동이 복원되기 위해서는 소련의 신화가 무너져야 한다는 확신을 얻게 되었다"라고 쓰고 있다.

작품의 말미에 보면 '나폴레옹은 언제나 옳다'를 신념으로 삼았던 우직하고 부지런한 복서가 충성을 다하다가 결국 팔려나가 비극적인 죽음을 맞이하는 장면이 나오는데, 이는 나폴레옹을 비롯한 혁명의 주체에 배신당한 민중의 비애를 은유적으로 보여준다. 그 외에도 동물들에게 왜곡된 역사를 주입시키려는 스퀄러의 행동, 풍차 건설 계획 등 이야기에 나오는 사건들은 이 작품이 러시아 혁명의 역사에 근거하고 있기는 하지만, 오웰이 밝혔던 것처럼 이야기의 전개를 위해 창의적으로 각색된 부분들도 있고, 시간적 순서가 바뀌기도 했다.

이 작품에서 오웰은 동물들의 시각에서 보고 느끼는 사회주의의 이론과 그것을 실현하기 위한 분투와 희생을 우화의 형식을 빌려 그리고 있는데, 그러한 동물들의 충성심을 유린하는 지배계급의 부조리가 소박하고 해학적인 이야기 곳곳에 설득력 있게 대치되어 있다.

『동물농장』은 미국『타임』지가 선정한 최고 영문 소설 100에 선정되었으며, 모던 라이브러리의 20세기 최고의 소설 목록 31위에 선정되기도 했다. 또한 1996년에는 레트로 휴고 상을 수상했으며, 서양의 위대한 저서(Great Books of the Western World) 제60권에 수록되어 있다.

1903 인도 북동부 모티하리에서 태어나다. 그의 본명은 에릭 아서 블레어(Eric Arthur Blair)이다.

1911 영국 남부에 있는 예비학교인 세인트 시프리언스에 입학하여 5년간 다니다.

1917 학비를 면제받고 이튼 칼리지에 입학하다.

1922 이튼 칼리지를 졸업하자 대학 진학을 포기하고, 인도 제국경찰에 지원하여 10월 발령지인 미얀마로 떠나다.

1927 5년간 경찰관이 되어 미얀마와 인도에 근무하면서 영국 제국주의의 모순과 한계를 통감하고 1927년 영국으로 귀국하다.

1928 경찰직을 사직하다.

1933 파리와 런던에서의 밑바닥 생활 체험을 바탕으로 집필한 첫 작품『파리와 런던의 밑바닥 생활(Down and Out in Paris and London)』을 발표하다. 이때부터 필명을 조지 오웰(George Orwell)이라고 사용하다.

1934 『버마의 나날(Burmese Days)』을 출간하고 문학계에서 인정을 받다.

1936 『그 엽란을 날게 하라(Keep the Aspidistra Flying)』를 출간하다.

1937 스페인 내전에 참전하여 통일노동자당 민병대 소속으로 싸웠으나 내부의 격심한 당파 싸움에 공산주의자들의 공격을 받고 아내와 함께 스페인을 탈출하다.

1938 이데올로기에 대한 환멸의 기록을『카탈로니아 찬가(Homage to Catalonia)』로 출간하다.

1940 다시 영국으로 돌아와 런던 민방위대 하사관으로 일하다.

1941 영국 BBC에 입사하여 2년 동안 라디오 프로그램을 제작하다.

1945 러시아 혁명과 스탈린의 배신에 바탕을 둔 정치 우화『동물농장(Animal Farm)』을 출간하다. 이 책으로 그는 일약 세계적으로 주목받는 작가가 된다.

1949 스코틀랜드 서해안에 있는 주라 섬에 머물며 집필에만 전념하였고, 그의 최대 걸작인『1984(Nineteen

Eighty Four)』를 출간하다.

1949 지병인 결핵이 점점 악화되어 런던의 한 병원에 입원하다. 10월에 둘째 부인 소니아 브라우넬(Sonia Brownell)과 병상에서 결혼하다.

1950 건강이 악화되어 47세를 일기로 세상을 떠나다.

옮긴이 **민지현**

이화여자대학교 영어영문학과를 졸업하고, 미국으로 건너가 뉴욕주립대학교에서 교육학
석사학위를 받았다. 현재 번역 에이전시 엔터스코리아에서 출판기획 및 전문 번역가로
활동하고 있다. 옮긴 책으로는 『이상한 나라의 앨리스 원화 컬러링북』 『별을 따라서』
『세계의 신화』 『동성애, 온전한 변화를 위한 시작』 『놀면서 떠나는 세계 문화 여행』
『세상에서 가장 느린 책』 등이 있다.

동물농장

초판 1쇄 인쇄 2018년 1월 2일
초판 1쇄 발행 2018년 1월 10일

지은이   조지 오웰
옮긴이   민지현
발행인   조상현
편집인   정지현
디자인   Design IF
펴낸곳   더디퍼런스

등록번호 제2015-000237호
주소 서울시 마포구 마포대로 127, 304호
문의 02-712-7927
팩스 02-6974-1237
이메일 thedibooks@naver.com
홈페이지 www.thedifference.co.kr

ISBN 979-11-6125-062-5 04800
       979-11-6125-063-2 (세트)